Ntshiab Si Lis

Ib Leej Ntxhais Lub Neej Tshiab

Ua Tsaug rau koj tus uas pab txhawb peb tes dej num no.
Ua Tsaug Ntau Ntau

Credits to Include Funded in part by AmeriCorps & The University of Wisconsin-Whitewater Grant Number 22REAWI001

A Project of MN Zej Zog
In Collaboration with Dr. Kha Yang Xiong
of Hmong Children's Books
Copyright@2025

First printing edition Aug 2025
Cover Design by: Lis Xyooj Nom Xab

Softcover ISBN: 979-8-9905738-5-7

Phau Ntawv No Muab Cib Fim Rau Kuv Tsev Neeg.
Kuv muab phau ntawv no cib fim rau kuv niam thiab kuv txiv
nrog rau cov kwv tij thiab muam. Kuv tus txij nkawm ntawm kuv
ib sab. Kuv thov ua tsaug rau nej txoj kev hlub, kev cob qhia,
thiab kev txhawb zog.

Lus Qhia

Cov pej xeem nyob hauv lub Zos Vaj Loog Tsua yog cov neeg thoj nam uas tau khiav tawm hauv cov yeej thoj nam tom qab Tsoom Fwv Thaib kaw cov yeej thoj nam tas lawm. Ntshiab Si thiab Pog tau ua lub neej rau hauv lub zos no tau ze li ntawm kaum lub xyoo.

Xyoo 2004 Tsoom Fwv Mes Kas tau rov qab mus qhib kev xam phaj dua ib zaug ntxiv rau cov neeg thoj nam hauv lub Zos Vaj Loog Tsua, Teb Chaws Thaib. Pog thiaj tau txiav txim siab mus ua lub neej tshiab rau lub Nroog Saint Paul, Xeev Minnesota, Teb Chaws Mes Kas.

Tuaj pib dua lub neej tshiab yog ib theem nyuaj heev rau txhua haiv neeg tuaj tshiab. Txawm li no los Pog cia siab tias qhov nws ua no yuav pab tau Ntshiab Si lub neej rau yav pem suab. Vim tias tib neeg hauv ntiaj teb no tsuas cav Teb Chaws Mes Kas yog ib lub teb chaws uas vam meej tshaj li. Pog ntseeg tau tias Ntshiab Si yuav muaj feem mus sib tw nrog luag lwm haiv neeg rau txoj kev kawm txawj kawm ntse.

1

Teb Chaws Mes Kas

Lub Yeej Thoj Nam Nas Phaus yog lub kawg ntawm cov yeej thoj nam raug cai uas Tsoom Fwv Thaib tsim los rau cov neeg thoj nam tsiv tim Teb Chaws Nplog los nyob. Tom qab xyoo 1995 Tsoom Fwv Thaib tau ua nruj ua tsiv rau cov neeg thoj nam. Ntshiab Si txiv thiaj tau txiav txim siab coj nws tsev neeg nyiag kev tsiv tawm mus nyob rau tom Lub Zos Vaj Loog Tsua. Txawm tias los nyob ntawm no tsis raug txoj kev cai neeg thoj nam los vim yog muaj txiv hauj sam laus ua tus saib xyuas ces Tsoom Fwv Thaib kuj tsis muaj feem tuaj ua phem tau rau cov neeg no.

Ntshiab Si txiv yog ib tus neeg txawj khwv thiab tau kev pab los ntawm cov kwv tij nyob Teb Chaws Mes Kas. Nws thiaj tau yuav ib lub tsheb los khiav lag luam. Ntshiab Si niam thiab txiv niaj hnub mus ua luam rau yav qaum teb thiab ntawm zos Khej Me. Cia Ntshiab Si nyob hauv tsev nrog Pog xwb.

Tsis muaj txoj hmoo, thaum nkawv mus ua luam pem Tseej Maim los. Nkawv lub tsheb tau ntog toj poob qab ke thiaj ua rau Ntshiab Si niam thiab txiv tau tas sim neej lawm. Ntshia Si thiab Pog thiaj peem ua lub neej nyob ntxiv hauv Lub Zos Vaj Loog Tsua yam li lub neej tsaus ntuj nti tsuas paub hnub no xwb tsis paub tias tag kis yuav zoo li cas.

Ntshiab Si loj hlob ntawm Pog lub xub ntiag. Pog sab tes xis ua leej txiv thiab sab tes laug ua leej niam rau Ntshiab Si. Txog xyoo 2004, Tsoom Fwv Mes Kas tau qhib kev xam phaj, Pog

thiaj ua ib siab xam phaj mus rau Teb Chaws Mes Kas. Lub Rau Hli Ntuj tim 24, Xyoo 2006 Ntshiab Si thiab Pog thiaj tau tuaj rau lub Nroog Saint Paul, Minnesota.

Thaum lub dav hlau ya qes zuj zus yuav los tsaws, cov duab tshav ntuj ci iab ntawm lub qhov rais tuaj rau Ntshiab Si ob lub qhov muag. Nws thiaj rua kiag qhov muag saib. Ntshiab Si pom tej vaj tse ua ncee ai cuag nceb lwg qaib hauv av. Lub dav hlau poob ib theem ib theem li tus neeg nqis taw ntaiv, ua rau Ntshiab Si ntshais kawg li. Nws tej siab ntsws nphau ib tw ib tw npaum li thaum ua npau suav poob pob tsuas. Ntshiab Si rub txoj hlua zawm duav ntxiv kom khov kho thiab tig mus khooj rau ntawm Pog ib sab. Thaum lub dav hlau los tsaws kiag rau hauv av, Ntshiab Si hnov cov log khiav rov vwg ceev heev ib ncua mam li nres zuj zus lawm.

Cia li hnov kiag lub suab neeg hais lus ntawm lub paj lawj tuaj tab sis Ntshiab Si yeej tsis to taub tias hais txog dab tsi li. Nws ob lub pob ntseg tseem lag rau cov cua uas txheem rau hauv nws lub nrog cev. Ib pliag thaum lub dav hlau nres tus lawm cov tib neeg caij no txawm pib sawv zom zaws mus qhib cov chaw rau khoom thiab thau lawv cov nra cuag tsi los nqa li cov neeg khiav rog. Lawv nqa lawv cov nra tawm mus ua kaj niab li cov ntsaum nab tawm hauv qhov av tuaj mus nrhiav noj. Cov neeg zaum nram qab nkawv co tes kom nkawv tawm mus tab sis Ntshiab Si tsis paub teb lawv. Nws co co tob hau rau lawv xwb. Muaj ib tus poj niam Mes Kas los nres kiag ntawm ib sab thiab hais lus rau nkawv.

"Me ntxhais, nws hais dab tsi no?" Pog nug.

"Kuv twb tsis paub thiab," Ntshiab Si teb. Ces Ntshiab Si cia li hais rau tus poj niam Mes Kas tias, "No, no, me sit here." Ntshiab Si taw kiag ntiv tes rau nws tus kheej. Tus poj niam Mes Kas no cia li rhais ruam nrawm nroos mus lawm.

Thaum cov tib neeg tawm tas mus lawm, tus poj Mes Kas ua hauj lwm hauv lub dav hlau no thiaj los coj nkawv tawm mus. Lub sij hawm no Ntshiab Si yeej mloog tau tias tej huab cua teb chaws no txawv cov huab cua tim Teb Chaws Thaib. Nws yeej tsis hnov tsw phem thiab pom cov pa av ncho daj vog li thaum lawv nyob hauv Lub Zos Vaj Loog Tsua. Tsis pom cov kwj deg uas muaj cov kua av dub nciab thiab tsw ntxhiab li hauv Bangkok.

Pog nqa lub hnab dawb International Oganization for Migration (IOM) ntawm nws tes; Ntshiab Si ev ib lub hnab nraum nrob qaum lawv qab. Niam ntxawm, txiv ntawm, niam hlob, txiv hlob nrog rau lawv cov me nyuam sawv ua pliaj liab vog ntawm lub rooj vag tos. Ntshiab Si yeej tsis paub thiab zeem tsis tau lawv txhua tus li. Nws tsuas cim tau Txiv Ntxawm Koob thiab Niam Ntxawm xwb.

Txhua tus los sawv vij vog nkawv, ib txhia los tuav nkawv tes thiab ib txhia los plhws nkawv tob hau. Lawv sib qawg quaj rau txoj kev zoo siab uas Pog thiab Ntshiab Si tau tuaj txog rau lub teb chaws Mes Kas lawm. Tom qab Txiv Ntxawm Koob nrog tus poj Mes Kas tham tas ces lawv thiaj nqis mus txheeb nra rau theem hauv qab.

Thaum lub teeb ci liam ces txoj hlua yas cia li pib khiav rub cov nra tawm dug dam hauv lub qhov los. Ntshiab Si ua qhov muag hlaws hlo tias cov nra tawm tau li cas los tiag. Yog ib yam txuj tshiab uas nws yeej tsis tau pom dua li. Lawv sib pab nqa cov nra mus rau ntawm qhov chaw nres tsheb. Ntshiab Si mus nkag rau hauv Txiv Ntxawm Koob lub tsheb.

Ntshiab Si sab heev ces nws cia li qi muag tsaug zog looj hlias lawm. Tos nws hnov xwb Pog twb hu hu tsa kom nws sawv mus rau hauv tsev. Thaum Ntshiab Si qhib plho qhov muag, nws pom tib neeg cov tsev ib lub txuas ib lub rau ob sab ntug kev. Pom nyom ntsuab xiab ntawm lawv tej qab vag tsib taug thiab txoj kev pua pob zeb dub nciab rau ob tog.

Sab nraum zoov no tshav ntuj kub kawg li tab sis sab hauv tsev cov cua txias tuaj laj ntxiag. Ntshiab Si mloog zoo li nws ib ce tshee na ua rau nws yuav pib ua npaws. Nws thiaj tsa ncauj nug Niam Ntxawm seb lawv muab nkawv cov nra nqa mus cia rau qhov twg lawm.

"Rose, koj coj niam laus mus qhia nkawv chav pw," Niam Ntxaws hais.

Niam Ntxawm nkawv muaj ob tus me nyuam xwb, Rose thiab Nathan. Rose yog tus yaus, nws kawm qib yim. Nathan twb kawm qib kaum ob lawm. Rose thiaj coj Ntshiab Si nce mus rau tshooj sab saud. Txiv Ntxawm lub tsev muaj ob tshooj; muaj peb chav pw nyob tshooj ob thiab ib chav pw nyob tshooj hauv qab no. Ntshiab Si mus qhib nws lub phij xab thiab thau lub tsho npab ntev los hnav yam li no nws heev.

"Cousin, twb yog summer es why koj hnav sweater?" Rose tsis to taub.

Ntshiab Si tsis paub tias, "why los sis sweater" yog dab tsi tab sis nws cia li teb tias, "Zoo li no no kuv os." Nws siv siv zog puag nws tus kheej qhia rau Rose.

Ces nkawv rov qab nqis los rau sab hauv qab no. Cov kwv tij neej tsa uas tuaj saib Pog thiab Ntshiab Si zaum ua pliaj liab vog ntawm chav nyob. Ib txhia poj niam ua zaub mov noj fab taws ntsos ntawm chav ua noj. Ntshaib Si txav zog mus rau ntawm Pog thiab nug seb Pog puas muaj tshuaj zoo mob tob hau.

Ces tus poj niam zaum ntawm Pog ib sab uas yog phaj pog lawm thiaj nug tias, "Niam hlob, es tus no yog koj tus me ntxhais xeeb ntxwv los?"

"Yog kawg ma, kuv txoj sia ces muab cog rau nws ib leeg xwb tiag," Pog teb.

Tus pog no cev tes los plhws plhws Ntshiab Si tob hau thiab muab tau $20 rau Ntshiab Si. Ib pliag Rose mus nqa tau ib lub Tylenol los rau Ntshiab Si noj tas ces nkawv cia li tawm mus zaum nraum tog tsev lawm. Rose qhib Pepsi thiab muab candy rau nkawv noj ntawm no saib Rose niam lub vaj tshuaj.

Tau ib lim tiam tom qab Txiv Ntxawm coj Pog thiab Ntshiab Si mus ua tej ntaub ntawv tim social service thiab thov kev pab cuam. Tom qab ob lub hlis uas ua tau cov ntaub ntawv tiav lawm. Txiv Ntxawm thiaj mus xauj tau ib chav tsev ntawm ib lub Apartment nyob rau sab Frogtown los sis Lub Zos Qav rau Pog nkawv mus nyob. Lub apartment no nyob ze rau ntawm

Como Park, qhov chaw uas Hmoob ua Sports Festival rau thaum lub Xya Hli tim 4.

Thaum Ntshiab Si los nyob ntawm no nws thiaj tau ntsib ob tug viv ncaus uas nyob theem hauv qab. Ntshiab Si yeej xav tsis txog tias tus niam hluas yuav rais los ua lub teeb ci pom kev rau nws. Tus ntxhais no hu ua Jenny, nws muaj hnub nyoog 14 xyoos ib yam li Ntshiab Si. Jenny muaj ib tus niam laus hu ua Windy. Windy yog ib tus neeg dub muag thiab tsis hais lus ntau tab sis nws yeej muaj lub siab zoo heev. Xyoo tshiab no Windy twb mus kawm rau qib kaum ob lawm.

Jenny coj txawv Windy, nws hais lus luag ntxhi thiab kheev tham heev li. Jenny cia li rais los ua ib leej viv ncaus tshiab thiab zoo heev rau Ntshiab Si. Lub sij hawm no Windy twb txawj tsav tsheb lawm ces nws yeej tsis tshua nyob hauv tsev. Ib qho txawv ntxiv ntawm Windy yog nws nyiam hnav cov ris tsho loj loj. Nws nyiam pleev plhuv thiab lo cov plaub muag yas.

Ua ntej lub caij ntuj sov yuav dhau Jenny thiaj hais kom Windy thauj lawv mus ncig ua si tom Mall of America. Thaum lawv mus txog, Ntshiab Si pom cov tsheb nres puv nkaus qhov chaw nres tsheb rau ob sab. Tib neeg taug kev sib txiv qev li cov ntsaum liab tawm tuaj nrhiav noj. Ntshiab Si pom cov khw ib lub txuas ib lub taws teeb ci ntsa paug.

"Ntshiab Si, wb mus saib khaub ncaws hauv lub khw Forever 21 no," Jenny hais ntxiv, "Kuv yuav kuv cov ris tsho hauv lub khw no xwb tiag."

Ntshiab Si mus saib cov tsho uas dai ntawm ib sab phab ntsa. Nws saib ib lub dhau ib lub, lub twg los yeej zoo nkauj ntxim hnav kawg li. Tab sis Ntshiab Si pom ib lub uas zoo tau ntxim nws siab tshaj li. Lub tsho tawg paj txiaj vog liab dawg zoo nkauj heev.

"Jenny, koj saib lub tsho no seb tus nqi yog li cas?" Ntshiab Si nug.

"Nws yog $19.99, tab sis hnub no lawv muab on sale 30% off," Jenny teb.

Ntshiab Si thiaj hais tias, "Kuv yuav lub no."

Thaum nkawv yuav tau tsho lawm, nkawv thiaj li mus nrhiav Windy rau tom qhov chaw muag zaub mov noj. Windy tseem tab tom play video game yam lom zem kawg li. Ntshiab Si thiab Jenny thiaj mus sawv ib sab saib Windy play. Dhau ntawd, lawv mus yuav mov noj thiab mus ncig ntawm qhov chaw muaj cov twj caij ua si lawm.

Lub sij hawm yaj lawm tshuj tshaws twb txog rau lub caij pib mus kawm ntawv lawm. Ntshiab Si thiab Jenny mus kawm ntawv ua ke rau tib lub tsev kawm ntawv. Muaj ib hnub thaum Ntshiab Si mus kawm ntawv los nws pom Pog muab cov dab rau qe qaib ntim zuj zis ntawm lub rooj noj mov.

"Pog, koj muab cov dab rau qe kom ntim cia ua dab tsi?" Ntshiab Si nug.

"Kuv muab khaws cia es wb yuav muab xa rov qab mus rau tom khw," Pog teb.

Ntshiab Si tsis to taub qhov Pog hais no, "Koj hais dab tsi li ko?" Nws nug Pog.

"Es thaum i peb nyob tim Thaib Teb, peb twb xa cov dab rau qe no rov qab ne lo," Pog hais ntxiv.

Ntshiab Si tuaj dab ros thiab ua suab luag nrov nrov. "Pog aw! Teb chaws no lawv tsis yuav rov qab lawm os," Ntshiab Si ke hais lus ke luag rau nws Pog.

"Pog laus laus ces Pog twb tsis paub lau. Pog xav tias lub teb chaws twg los coj zoo ib yam no," Pog qhia rau Ntshiab Si.

Ntshiab Si thiaj teb rau Pog tias, "Pog, lub teb chaws vam meej no lawv tsis xav tau rov qab lawm. Cov ko ces yog khib nyiab lawm xwb. Tos kuv xav tias thaum wb noj qe tas es lub dab cia li ploj lawm no. Twb yog koj muab khaws cia lawm xwb sav."

Dhau ntawd Nthsiab Si thiaj muab hnab los ntim cov dab qe nqa mus pov tseg nraum lub thoob khib nyiab loj lawm.

2

Thawj Kob Daus

Tag kis no Pog twb sawv los nyob ntev loo ntawm chav nyob tab sis tsis pom Ntshiab Si sawv li. "Ntshe huab cua hloov lawm es tus me nyuam tau khaub thuas lawm poj," Pog nroo. Nws thiaj li mus rau tom txaj, Ntshiab Si tseem pw tsaug tsaug zog li tus me nyuam mos ab uas muab daim pam los tais hauv xub ntiag.

"Me ntxhais, me ntxhais, sawv os ua cas tag kis no koj tsis sawv na. Puas yog koj mob qhov twg?" Pog cev tes diaj kom Ntshiab Si sawv.

Ntshiab Si qhib plho qhov muag saib lub teev no twb yog 6:35 lawm. "Tuag lau! Vim li cas tag kis no kuv yuav tsis hnov li os?" Ntshiab Si maj heev.

Ntshaib Si sawv tsis yeej ib tus plaub hau ntxhov poog mus rau tom chav dej lawm. "Nag hmo kuv ua homework lig dhau lawm cs ntshc kuv tsis nco qab caws kuv lub teev lawm poj," Ntshiab Si yws rau nws tus kheej.

Thaum Ntshiab Si ntxuav muag thiab txhuam hniav tas Pog twb muab nws lub hnav ev ntawv thiab nkawm khau los tso rau ntawm qhov rooj tos nws lawm. Ntshiab Si mus hnav ris tsho thiab npaj yuav mus kawm ntawv. Thaum nws npaj tiav twb yuav txog caij lub tsheb npav tuaj lawm tiag.

"Pog kuv tsis muaj sij hawm noj tshais lawm ces ib pliag kuv mam li noj tim tsev kawm ntawv," Ntshiab Si hais li no tas ces nws cia li ev nws lub hnab kawm ntawv tawm mus lawm.

"Mus ces rau rau siab kawm ntawv nawb me ntxhais," Pog kaw qhov rooj thiab rov qab mus zaum ntawm lub tog zaum rwb saib yeeb yaj kiab txuas ntxiv.

Ib pliag Pog ntsia tim qhov rais no pom dab tsi poob cuag li cas saum ntuj los. Pog thiaj sawv tsees mus siab, nws pom cov daus poob dawb vog los rau hauv av yam li lub ntiaj teb no huv si xwb. Ua rau Pog xav txog lub neej yav dhau los. Nws tseem nco tau tias thaum txog lub caij ntuj no pem toj siab yeej muaj te sam dawb vog rau txhua txhia qhov chaw thaum sawv ntxov.

Cov daus poob zom zaws saum ntuj los thaum lub tsheb npav mus nres nkaus qhov chaw nqis ntawm tsev qhia ntawv. Cov tub ntxhais kawm ntawv hauv lub tsheb npav zoo saib heev li. "Hey! Look, it's snowing," ib tus tub hluas qw nram qab tuaj.

Cov tub ntxhais kawm ntawv hauv lub tsheb npav sawv zom zawm mus xauj ntawm cov qhov rais. Tus ntxhais uas zaum ib sab ntawm Ntshiab Si thau kiag nws lub xov tooj ntawm tes los thaij duab. Ntshiab Si lub ncauj tsis hais tab sis lub siab xav twj ywm tias zaum no nws pom kiag daus tiag tiag ntawm nws ob lub qhov muag lawm.

Ntshiab Si tos tsis taus txog nws zeeg nqis hauv lub npav tawm mus li. Nws nqis nrawm nroos mus rau sab nrauv. Ntshiab Si cia li tso sas khiav mus rau tom cov nyom. Nws nthuav kiag ob sab tes yam li tus noog nthuav tis ya, tsa kiag qhov muag mus rau saum ntuj thiab tig nws lub cev zoo yam li tus nkauj seev hauv yeeb yaj kiab. Cov tub ntxhais kawm ntawv cia li nres zom zaws li lawv yoob thiab tsis to taub tias Ntshiab Si ua dab tsi li no.

Tub xib hwb uas zov qhov rooj thiaj tawm tuaj qw kom cov tub ntxhais kawm ntawv kav tsij tsuag tsuag nkag mus rau hauv tsev kawm ntawv. Cov tub ntxhais kawm ntawv sib tw taug kev nrawm nroos mus rau hauv lub tsev qhia ntawv lawm.

Jenny thiaj los nthos nkaus Ntshiab Si tes. "Ntshiab Si koj ua dab tsi li no. Koj tsis ntshais tsam koj catch cold los?" Jenny hais.

"Koj hais cold dab tsi?" Ntshiab Si tsis to taub.

"Cold yog um..um… no no na," Jenny muab kiag nws txhais tes los khawm kiag nws lub xub ntiag qhia rau Ntshiab Si.

Nkawv thiaj taug kev ceev nrooj mus hauv tsev kawm ntawv thiab mus ncaj nraim rau tom chav noj mov lawm. Txhua tag kis Ntshiab Si yeej noj tshais tom tsev tas nws mam li tuaj kawm ntawv. Nws yeej tsis tau noj dua cereal ntse kua mis nyuj thiab haus cov mis nyuj teb chaws no li. Tag kis no Ntshiab Si sawv lig lawm nws thiaj xav tias cia nws sim noj cereal ntse kua mis nyuj ib zaug seb qab li cas. Txhuab hnub nws pom lawv noj zoo li ntxim qab kawg li.

Ntshiab Si nrog Jenny mus sawv ua kab nqa tau ib taub mis nyuj thiab ib tais cereal los. "Jenny, yuav noj li cas?" Ntshiab Si nug.

"Oh, let me help you. Koj tev tais cereal li no ces qhib taub mis nyuj los hliv rau xwb," Jenny hais.

Thaum lub tswb nrov, cov tub ntxhais kawm ntawv cia li sawv zom zaws mus rau cov chav kawm ntawv lawm. Ntshiab Si nyuam qhuav mus zaum zoj ib pliag xwb, nws lub plab cia li pib npau qig qug tuaj yam li nws noj dab tsi txhaum. Ntshiab Si tsis

to taub tias vim li cas nws cai li pib tsam plab li no. Nws rov qab tig mus saib thiab mloog tus xib hwb piav sob kawm ntxiv mus.

Ib pliag li tsib feeb ntxiv Ntshiab Si mloog zoo li nws yuav tau mus tawm rooj tiag tiag li. Nws lub plab mob npaum kua txob ntsim thiab npau qig qug npaum li cov roj kub kub kib nqaij hauv yias xwb. Ntshiab Si twb yuav luag mus tsis ncav rau tom chav dej vim tias tus xib hwb pheej tseem piav cov ntsiab lus kawm es nws tsis saib tuaj rau ntawm cov tub ntxhais kawm ntawv. Ntshiab Si ua lub ntsej muag piam tas tsa tes tab sis tus xib hwb tsis tig tuaj saib li. Ib tus ntxhais zaum nram qab Ntshiab Si thiaj hais lus rau tus xib hwb, "Excuse me, Mr. Yang."

Thaum tus xib hwb tsa kiag qhov muag tuaj saib, Ntshiab Si cia li sawv tseem ua ntsej muag puas tsus mus rau ntawm nws. Xib hwb yeej paub tias Ntshiab Si muaj chaw cheem tsum yom ceev lawm. Mr. Yang thiaj muab kiag daim Hall Pass cev rau Ntshiab Si.

Ntshiab Si taug kev khoov nkoos tawm mus rau tom chav dej. Zoo tam ntua li Yawm Xob nthe es Yawg Zaj Laug nphau roob nphau hav uas rau tog xyoob thiab tog ntoo laub lug mus rau nram kwj ha lawm. Ib pliag ntev loo Ntshiab Si mam li rov qab los rau hauv chav kawm. Ntshiab Si nyuam qhuav rov los zaum ib pliag xwb nws lub plab rov qab npau qig qug cuag li cua daj cua dub nplawm ntws ib tog tuaj dua thiab. Nws thiaj rov qab mus siv chav dej dua ib zaug ntxiv. Hnub no ua rau Ntshiab Si kawm ntawv tsis tsheej li, nws tos tsis tau txog caij lawb ntawv es yuav maj los qhia rau Pog.

Sab nraum zoov daus los vov tej nyom thiab nroj tsuag dawb paug thaum lawv lawb ntawv. Cua tuaj hliv laws yeej ua rau hnov no tig txha nkaus xwb. Hauv Ntshiab Si lub neej yeej tsis tau muaj ib zaug no npaum li no li. Ntshiab Si mam nco txog tias ntshe yuav no Pog heev vim tias Pog tsis paub tso cov cua sov.

"Jenny, yav qaum teb no es ua cas yuav no ua luaj li," Ntshiab Si nug.

"Ziag no twb tseem tsis tau no. Thaum lub Kaum Ob Hli thiab Ib Hlis mas tseem yog minus degree lawm." Jenny qhia rau Ntshiab Si.

Thaum lub tsheb npav los nres nkaus ntawm qhov chaw nres npav, Ntshiab Si maj ceev nrooj mus tsev. Nws cia li tso sas khiav los mus. Tos Ntshiab Si nco xwb nws twb ntog nrov poog cuag li tus ntoo qhuav rau hauv av lawm. Ntshiab Si lub hnab ntawv thiab nws ib ce lo daus tas li. Jenny mam los rub kiag Ntshiab Si tes thiab tsa nws sawv.

Pog yeej tsis paub tias yuav tso cua sov los sis cua txia li cas li. Thaum lub tsev txias zuj zus tuaj Pog thiaj mus nqa pam los kauv nws ntawm lub tog zaum rwb thiab rhaub dej kub haus kom nws lub cev sov.

Ntshiab Si muab nws tus yum yij qhib plho qhov rooj los tsev. Nws los puag nkaug Pog ntawm lub tog zaum rwb. "Pog, puas no koj os?" Ntshiab Si nug.

"Tsis no pes tsawg thiab kuv twb muab pam los vov lawm," Pog teb.

Ntshiab Si thiaj mus ntswj kom cov cua sov tuaj. Nws mam nqa nws lub hnab ev ntawv mus rau tom chav pw thiab mus da dej vim tias nws cov plaub hau ntub tas lawm. Ib pliag li peb caug feeb, chav tsev mam li pib sov zog tuaj.

Thaum da dej tas Ntshiab Si los zaum ntawm Pog ib sab thiab tso TV saib xov xwm seb daus yuav los txog thaum twg. "Tus neeg tshaj xov xwm huab cuab hais tawm tias tseem yuav los daus ntxiv rau ob peb hnub tom ntej no," Ntshiab Si qhia rau Pog.

Txawm tias Ntshiab Si nyuam qhuav tuaj tau tsib hlis no xwb los nws yeej to taub lo puav lus As Kiv lawm vim tias tus xib hwb qhia ntawv As Kiv yeej siv zog pab nws nyeem ntawv heev li. Tus xib hwb no yeej los coj Ntshiab Si mus xyaum nyeem ntawv As Kiv ib hnub ib teev nrog nws. Tsis tas li ntawd, nws tseem muab cov ntawv uas nyeem yooj yim rau Ntshiab Si nqa los xyaum nyeem tom tsev.

Ntshiab Si thiaj li qhia rau Pog tias hnub no nws raws plab ib hnub nkaus. Pog thiaj sawv mus muab tau ib lub tshuaj zoo mob plab hauv nws lub hnab los rau Ntshiab Si noj. Dhau ntawd, Ntshiab Si thiaj mus npaj ua hmo noj lawm.

Pog niaj hnub nyob hauv tsev tso kwv txhiaj thiab Hmoob cov yeeb yaj duab saib laug lub sij hawm xwb. Thaum nkawv noj hmo tas Pog thiaj muab Dr. Tom daim yeeb yaj kiab uas nkawv qiv tim Hmoob los saib. "Pog, koj saib yeeb yaj kiab es kuv mus ua kuv cov homework," Ntshiab Si cia li mus rau tom txaj lawm.

Lub suab khob qhov rooj ua rau Ntshiab Si muab phaub ntawv uas nws tab tom nyeem nyeem tso plhuav cia rau saum rooj. Ntshiab Si thiaj tig los mloog seb yog leej twg tuaj. Pog lub suab hu qhia tau tias tus tuaj ntawd yog Jenny.

Ntshiab Si thiaj tawm los ntsib Jenny. "Nyob zoo Jenny, koj tuaj los," Ntshiab Si hu.

"Yeah, kuv tuaj," Jenny teb.

"Los zaum ntawm no os." Ntshiab Si muab tau ib lub tog los rau Jenny zaum.

Ntshiab Si thiaj nug ntxiv seb Jenny tuaj ua dab tsi.

Jenny teb tias, "Kuv tsis xav mloog kuv niam cem Windy. I don't know where Windy went today? Office people called from school tias tsis pom Windy at school."

Thaum Jenny hais li no tas thiaj ua rau Ntshiab Si nco txog qhov tag kis no nws pom Windy pem tsev kawm ntawv. "Tag kis no kuv pom Windy thiab ib tus ntxhais caij ib lub tsheb dub mus lawm," Ntshaib Si hais.

"Puas yog lub tsheb dub uas muaj ob lub qhov rooj xwb?" Jenny xav paub.

Ntshiab Si xav xav ib pliag nws thiaj teb tias, "Yog, kuv nco tau lawm. Nws yog ob lub qhov rooj thiab muaj ib daim ntawv liab liab lo ntawm daim iav pem tob hau."

"Okay, kuv paub tias Windy nrog leej twg mus lawm," Jenny hais yam li nws txaj muag tsawv.

Vim Ntshiab Si yog ib leej ntxhais leem cai ces nws kuj tsis nug Jenny dab tsi ntxiv vim tias zoo li Jenny twb txaj txaj muag

txog qhov Windy ua no lawm. Nws cia li nug Jenny txog homework, "Jenny, koj puas tau ua homework tas?"

"Hnub no kuv tsis muaj homework," Jenny teb.

"Yog li no koj pab qhia kuv twm ntawv yom," Ntshiab Si nug.

"Taug kawg," Jenny teb.

Nkawv thiaj mus rau tom txaj lawm. Jenny pab qhia Ntshiab Si xyaum nyeem phau ntawv uas Ms. Jessica muab los hnub no.

"Ms. Jessica kom koj nyeem txog page twg?" Jenny nug.

"Nws hais kom kuv nyeem txog nplooj 20," Ntshiab Si teb.

Jenny thiaj maj mam qhia Ntshiab Si nyeem ib kab ntawv zuj zus. Nws ke nyeem thiab ke piav qhia Ntshiab Si txog lub ntsiab ntawm tej sob ntawv. Dhau ntawd, Jenny kuj pab Ntshiab Si teb cov lus nug uas Ms. Jessica muab nrog phaub ntawv no thiab. Twb ze li cuaj teev Jenny mam rov qab nqis mus tsev lawm.

3

Hnub Ua Tsaug

Hnub no thaum Ntshiab Si mus kawm ntawv los nws pom Pog pw looj lom ntawm lub toj zaum rwb tsis saib yeeb yaj kiab li txhua hnub. Ntshiab Si poob siab nthav thiab muab nws lub hnab ntawv txo kiag cia. Nws txav zog mus rau ntawm Pog ib sab. Ntshiab Si pom tias Pog lub ntsej muag sawv pob liab vog zoo li ntsaum los sis kab tom.

"Pog, Pog, ua li cas rau koj lub ntsej muag na?" Ntshiab Si nug yam li nws txhawj xeeb heev li.

Pog thiaj qhib qhov muag thiab teb tias, "Taub niaj tshuaj nyob tom chav dej kub kuv lub ntsej muag os." Pog ob lub qhov muag liab ploog cua li mob qhov muag liab ua rau Ntshiab Si ceeb sob loj heev.

"Es koj ua li cas tshuaj ho kub tau koj no?" Ntshiab Si nug ntxiv.

Pog hais ntxiv tias, "Kuv xav tias taub ntawd yog xuj npum es kuv muab los ntxhua kuv lub tshob ces cia li txaws tuaj rau kuv lub ntsej muag mob npaum li dej kub hlab xwb tiag me ntxhais."

Ntshiab Si sawv tsees mus saib tom chav dej thiab nqa tau taub tshuaj siv ntxuav qhov viv los. "Puas yog koj siv taub no?" Ntshiab Si nug.

"Yog, kuv siv tau ko," Pog teb.

Ntshiab Si thiaj hais ntxiv tias, "Taub no lam yuav yog xuj npum hmoov ntxhua khaub ncaws na. Nws yog taub tshuaj siv ntxuav qhov viv xwb. Es koj ua li cas thiaj kub tau koj no?"

17

Pog thiaj piav tias, "Tag kis no kuv nqa hnab khib nyiab mus pov tseg tab sis lub hnab to qab es kuv tsis pom ces cov kua khib nyiab txeej los ntub kuv tas li. Kuv thiaj los muab kuv lub tsho hle ntxhua thiab da dej. Tab sis kuv tsis paub tias koj muab cov xuj npum ntxhua khaub ncaws cia qhov twg lawm. Kuv thiaj nrhiav pom taub tshuaj ko nyob tom chav dej. Ces kuv muab qhib saib no muaj cov hmoov dawb dawb zoo li cov xuj npum hmoov ntxhua khaub ncaws uas peb siv tim Thaib Teb.

Kuv thiaj muab hliv ib qho rau kuv lub xib teg thiab mus zaum hauv lub dab dej zawv kuv lub tsho. Thaum kuv qhib dej ces dej tsuag laws los ua rau cov hmoov txaws tuaj ua rau kuv qhov muag fos ntais ua rau kuv lub ntsej muag thiab qhov muag mas ntsim npaum li kua txob ntxim xwb.

Kuv cev tes mus xuas tau lub tshob da dej thiab cug dej los ywg kuv lub ntsej muag. Kuv ywg ntuj ywg teb ib pliag ntev loo kuv thiaj tsis hnov qhov mob mob kub lug cuag hluav taws kub lawm. Thaum no kuv ib ce ho no no tshee na tuaj. Yog li no kuv thiaj hloov ris tsho thiab tawm los pw ntawm no lawm xwb."

"Es ziag no puas mob koj qhov muag lawm ma?" Ntshiab Si nug ntxiv.

"Tsam no zoo li kuv lub ntsej muag ho laj me ntsis lawm. Ib pliag koj mus muab kuv cov ris tsho tom chav dej ntxhua," Pog hais.

Ntshiab Si txhawj thiab hlub Pog heev li. "Pog, lwm zaus mas koj tsis txhob kov dab tsi li lawm cia kuv mam li ua xwb." Ntshiab Si thiaj hu xov tooj mus qhia rau Niam Ntxawm. Ib chim

Niam Ntxawm thiaj nqa tau ib lub tshuaj tuaj rau Pog pleev nws lub ntsej muag.

Lub sij hawm dhau mus lawm zuj zus. Tshua ib lim tiam xwb ces cov tub ntxhais kawm ntawv yuav tau los so rau ib hnub so tseem ceeb ntawm lub Teb Chaws Mes Kas no. Nyob rau hauv chav kawm txog Keeb Kwm Mes Kas, tus xib hwb twb muab daim duab noj qaib ntxhw ntawm Mes Kas thiab Qhab los dai rau ntawm daim laj ntoo sau ntawv. "Cov tub ntxhais kawm ntawv nej ib leeg thau ib daim ntawv los sau ib kab ntawv qhia seb daim duab no qhia txog dab tsi?" Tus xib hwb hais thaum lawv los zaum txhij lawm.

Qhov uas Ntshiab Si paub ntawm daim duab no ces yog cov qaib ntxhw thiab cov neeg nyob tom hav zoov uas Hmoob hu tias mab qus. Ntshiab Si twb tsis tau paub lub npe Hmoob Mes Kas tis rau cov neeg no tias Qhab no thiab. Nws tsis paub tias cov mab qus thiab neeg Mes Kas no tuaj koom ua dab tsi? Ntshiab Si thiaj tig mus nug tus ntxhais uas zaum ntawm nws ib sab.

"Yog Thanksgiving celebration," tus ntxhais ntawd teb.

"Thanksgiving dab tsi, kuv tsis nkag siab," Ntshiab Si hais.

Tus ntxhais no thiaj piav rau Ntshiab Si txog Hnub Ua Tsaug, tab sis tus xib hwb ho tig tuaj pom Ntshiab Si nkawv sib tham ces nws thiaj los rau ntawm nkawv.

"Ntshiab Si, do you have any question?" Tus xib hwb nug. Ntshiab Si co co tob hau tias nws tsis paub.

Tus xib hwb thiaj piav ua lus Hmoob rau Ntshiab Si. "Kuv hais tias koj puas muaj lus nug no thiab koj puas to taub qhov kuv hais kom nej ua no."

"Kuv tsis paub xyov yuav sau li cas," Ntshiab Si teb.

"Yog li ntawd ces koj tos ib pliag kuv mam li qhia rau nej sawv daws," tus xib hwb hais li no tas ces nws rov qab mus sawv rau tim hauv ntej lawm.

Tus xib hwb thiaj hais ob peb tus tub ntxhais kawm ntawv nyeem lawv kab lus rau sawv daws mloog. Dhau ntawd, nws mam piav txog lub ntsiab ntawm pluas mov uas cov neeg Mes Kas thaum ub thiab Qhab tau koom noj ua kev rau cov tub ntxhais kawm ntawv mloog.

Tus xib hwb hais tias, "Pluas mov no tseem ceeb heev yog li no nws thiaj rais los ua ib hnub so thiab hnub koom kev ua tsaug rau haiv neeg Mes Kas lawm." Tus xib hwb hais ntxiv, "Hnub Friday no peb yuav muaj noj ib pluag mov ua kev rau hnub so tseem ceeb Thanksgiving's Day no. Nej txhua tus ib leeg yuav tau npaj nqa zaub mov tuaj rau peb koom noj ua ke. Nov yog daim ntawv sau npe nqa zaub mov."

Ntshiab Si nco tau tias thaum nyob tim Thaib Teb nws nyiam noj mov kib heev li, nws thiaj teev mov kib rau hauv daim ntawv. Hnub no Ntshiab Si kawm tau ib yam tshiab tshwj xeeb los ntawm lub teb chaws no. Thaum lub tswb nrov ces cov tub ntxhais kawm ntawv thiaj tawm mus noj sus lawm.

Ntshiab Si mus zaum nrog Jenny hauv chav noj mov. Nws thiaj kom Jenny qhia seb thaum txog Hnub Ua Tsaug lawv ua dab tsi.

"Thanksgiving's Day ces peb ci turkey noj xwb," Jenny hais.

"Koj hais qaib ntxhw," Ntshiab Si teb.

"What…Qaib ntxhw, chicken elephant?" Jenny cia li luag nrov nrov pos nkaus qhov ncauj.

"No, turkey lus Hmoob hais tias qaib ntxhw, okay," Ntshiab Si xa qhia rau Jenny.

"Thov txim lub npe ko txaus luag dhau lawm," ces Jenny rov qab luag nrov nrov li nws tuaj dab ros heev.

Thaum Jenny luag txaus lawm, Ntshiab Si mam nug ntxiv tias, "Tus qaib ntxhw loj ua luaj li es yuav ci tau li cas no?"

"Koj muab txuj lom dos thiab tej khoom nphoo nqaij los pleev rau kom ntxim ntxim qab tas ces mam muab ci hauv qab qhov cub," Jenny teb rau Ntshiab Si.

Thaum no Ntshiab Si mam li to taub tias Thanksgiving's Day zoo li cas. Tab sis nws kuj tu siab twj ywm cia, "Tsis muaj niam thiab txiv li yus no es leej twg thiaj yuav ci qaib ntxhw rau yus noj." Ntshiab Si tsis xav kom Jenny pom nws cov kua muag poob ces nws cia li tig kiag rau sab tod thiab muab daim ntaub so tes los tib so nws cov kua muag twj ywm cia.

Thaum los txog tsev, Pog pom tias Ntshiab Si lub ntsej muag tsis xyiv fab li txhua hnub. Nws thiaj nug tias, "Mi ntxhais, koj puas ua li cas?"

Ntshiab Si cia li ncav tes mus qawm lias Pog li thaum nws tseem me es Pog puag nws. "Pog kuv nco nco txog kuv niam thiab kuv txiv xwb," Ntshiab Si ua lub suab quaj ncia dhev hauv caj pas tuaj.

Nkawv ob leeg sib qawg quaj sib qawg quaj rau txoj kev nco thiab kev tu siab ntawm lub tog zaum rwb. Pog thiaj cev tes mus so Ntshiab Si cov kua muag. "Me ntxhais, tsis txhob quaj. Txawm tias tsis muaj niam thiab txiv los twb tseem tshuav Pog. Pog yeej yuav nrog koj nyob mus kom ntev ntev mog."

"Pog, kuv paub kawg os tab sis hnub no peb kawm txog hnub noj qaib ntxhw es kuv xav txog kuv niam nkawv es kuv thiaj li tu siab xwb," Ntshiab Si qhia rau Pog.

"Tus me ntxhais tsis txhob quaj, Pog mam li kom Nyab Koob tuaj coj Pog mus yuav ib tug es txog hnub ntawd Pog mam li ci rau nws noj." Pog paub zoo tias txoj kev ua ntsuag ciaj yeej tsis yooj yim li. Txawm nws yuav hlub Ntshiab Si npaum li cas los yeej tseem tsis npaum txoj kev hlub los ntawm leej niam thiab leej txiv.

Pog muab tes los plhws plhws Ntshiab Si tob hau kom nws tsis txhob tu siab thiab tsis txhob xav dab tsi ntau ntau. Qhia rau Ntshiab Si tias nws yeej hlub Ntshiab Si heev li es nws tsis xav pom kom Ntshiab Si poob kua muag ntxiv lawm. Ntshiab Si khawm Pog twj ywm thiab mloog Pog cov lus hais.

4

Noj Peb Caug

Lub sij hawm so tsev kawm ntawv rau Thanksgiving's Day ncaj rau Hmoob lub Tsiab Peb Caug hauv lub Nroog Saint Paul. Lub koob tsheej no yog ib lub loj thiab yuav muaj tib neeg tuaj coob heev. Ob hnub ua ntej yuav txog Thanksgiving's Day Pog twb hu xov tooj mus rau Nyab Koob kom nws tuaj thauj Pog mus yuav qaib ntxhw. Nyab Koob tau hais tias cia nws mam li npaj rau lawv noj xyoo no.

Tag kis no thaum Ntshiab Si sawv los Pog twb sawv ua ntej los zaum ntawm lub tog zaum rwb tso yeeb yaj kiab saib li txhua hnub lawm. Ntshiab Si zoo siab heev tias hnub no nws yuav tau noj qaib ntxhw ci.

"Pog koj puas tau mus yuav qaib ntxhw os," Ntshiab Si nug yam zoo siab hlo.

"Nyab Koob hais tias kom wb tsis txhob npaj es cia wb mus koom nrog lawv xwb no," Pog teb.

Ntshiab Si hais ntxiv, "Ua li ntawd los tau kawg, vim tias muaj ntau yam kuv tseem yuav tau kawm. Es thaum twg Niam Ntxawm mam tuaj tos wb no."

"Nyab hais tias tej zaum yuav yog li yav tav su dua no," Pog teb ntxiv.

Tom qab noj tshais tas, Ntshiab Si cia li mus nyeem nws phau ntawv tom txaj lawm. Thaum yuav txog tav su, Txiv Ntxawm Koob thiaj tuaj tos Ntshiab Si nkawv mus koom pluas hmo – Thanksgiving's Dinner.

23

"Niam Ntxawm, puas muaj dab tsi kuv pab koj os?" Ntshiab Si nug thaum nws mus txog ntawm qhov rooj.

"Neb tuaj lawm los," Niam Ntxawm hu thiab hais ntxiv tias, "Koj los pab kuv tsaug cov zaub xav lav no."

Rose zaum ntawm lub rooj tab tom hlais ib lub cherry pie. "Me ntxhais muab phaj los daus ob nplais rau Pog thiab Ntshiab Si noj," Niam Ntxawm hais.

Ntshiab Si hle nws lub tsho tiv no khuam cia thiab mus pab Niam Ntxawm tsaug zaub thiab txuj lom dos ntawm lub dab dej ntxuav tais diav. Nws muab ib qho txuj lom dos los tuav xyaw kuab txob rau lawv ntsw nqaij. Tus qaib ntxhw uas ci hauv qab qhov cub tsw qab txiag tuaj thoob chav ua noj tas li.

"Niam Ntxawm, tus qaib ntxhw no tsw qab heev li. Koj siv dab tsi pleev?" Ntshiab Si xav paub.

"Me ntxhais, ib pliag kuv khoom kuv mam li qhia rau koj es lwm xyoo koj mam li ci rau peb noj," Niam Ntxawm cov lus ua rau Ntshiab Si zoo siab heev li.

"Koj txiv, los pab saib seb tus qaib ntxhw puas tau siav?" Niam Ntxawm hu.

Txiv Ntxawm Koob los qhib lub qhov cub saib thiab muab tus pas ntsuas coj los hno ntsuas seb tus qaib ntxhw puas tau siav thoob. Ntshiab Si tsis to taub tias Txiv Ntxawm ua dab tsi li ntawd.

"Txiv Ntxawm tus ntawm ko yog dab tsi?" Ntshiab Si nug.

Txiv Ntxawm thiaj qhia rau Ntshiab Si tias, "Tus no yog tus pas ntsuas qhia seb tus qaib ntxhw puas tau siav thoob. Koj muab

tus pas ntsuas no ntxig ntawm lub hauv siab mus rau hauv. Yog tias nws kub txog 165 degree lawm mas tus qaib ntxhw thiaj siav thoob."

Thaum no Ntshiab Si mam to taub tias lub teb chaws ntawm no muaj cuab yeej tshwj xeeb rau txhua phab. Nws xav twj ywm rau nruab siab tias, "Tos tib neeg txhua lub teb chaws xav tuaj nyob lub teb chaws no los vim yog txoj kev vam meej."

Thaum ua txhua yam tiav lawm, Ntshiab Si thiaj pab Niam Ntxawm muab cov zaub mov los rau saum rooj. Lawv txhua tus los zaum vij vog lub rooj noj mov. Thaum lawv zaum txhij lawm, Ntshiab Si thiaj tsa ncauj hais lus ua tsaug rau Txiv Ntxawm nkawv raws li qhov nws tau kawm tom tsev qhia ntawv.

"Niam Ntxawm thiab Txiv Ntxawm, kuv ua neb tsaug uas neb hlub Pog wb heev li. Neb tuaj saib xyuas wb thiab pab wb txhua yam. Kuv yuav nco ntsoov neb tus txiaj tus ntsig mus kom tas tiam no." Ntshiab Si ua kua muag teev yees rau txoj kev zoo siab.

Niam Ntxawm thiaj los plhws Ntshiab Si tob hau. "Me ntxhais, tsis txhob quaj, Pog neb twb tuaj txog Txiv Ntxawm wb lawm. Wb yuav pab neb li wb pab tau mog." Thaum hais lus tas Niam Ntxawm thiaj muab phaj thiab diav los rau lawv noj mov. Lawv noj mov sib tham luag ntxhi rau txoj kev zoo siab.

Thaum nyob tom tsev kawm ntawv Ntshiab Si yeej hnov cov tub ntxhais kawm ntawv sib tham zom zaws txog Noj Peb Caug xyoo no. Ntshiab Si tseem tos kom lawv noj mov tas tso nws

mam li nug seb Niam Ntxawm lawv puas mus ua si tim tshav Peb Caug tab sis Niam Ntxawm twb ho xub nug nws ua ntej.

"Ntshiab Si koj puas paub tias lub weekend no yog lub Peb Caug nyob hauv lub nroog ntxaib no," Niam Ntxawm hais.

"Kuv paub kawg, kuv tseem yuav nug seb Txiv Ntxawm neb puas mus koom no," Ntshiab Si teb.

"Txiv Ntxawm wb yeej niaj xyoo mus li vim tias koj Txiv Ntxawm muaj ib tus phooj ywg ua hauj lwm rau tim tshav Peb Caug ces nws yeej niaj xyoo hais kom koj Txiv Ntxawm pab nws." Niam Ntxawm hais ntxiv, "Cia Niam Ntxawm muab khaub ncaws Hmoob rau Rose neb hnav mus Noj Peb Caug xyoo no nawb."

Ntshiab Si twb tsis tau teb tab sis Rose teb nkaus tias, "Mom, I don't want to wear Hmong clothes, it makes me look ugly." Rose ua lub qhov ncauj zij ras li muaj dab tsi qias neeg heev nyob ntawm nws xub ntiag.

"Hais dab tsi li ko na. Yus twb yog Hmoob yuav tsum tau hnav ris tsho Hmoob," Niam Ntxawm sam fwm rau Rose.

Ntshiab Si mam teb tias, "Niam Ntxawm, kuv twb tsis muaj ris tsho Hmoob ne."

"Tsis txhob txhawj, Niam Ntxawm muaj ob peb ce diam." Niam Ntxawm hais ntxiv.

"Rose, koj yuav tau nrog niam laus hnav okay," Ntshiab Si hais lus txhawb Rose.

Rose xav xav ib pliag nws thiaj tib co xwb pwg qhia tias nws tsis paub.

Thaum lawv noj mov thiab tu tais diav tas Niam Ntxawm thiaj mus muab khaub ncaws los rau Ntshiab Si sim. Niam Ntxawm nqa tau peb ce khaub ncaws los, ob ce yog khaub ncaws Hmoob Dawb thiab ib ce yog Hmoob Suav. Ntshiab Si nyuam qhuav hlob tiav nkauj hlo, nws lub cev yiag txias nrog lub plhu soob xais. Nws sim ce khaub ncaws twg los yeej pim nws tas li. Niam Ntxawm thiaj cia Ntshiab Si xaiv ib ce. Ntshiab Si xaiv cev ua cov tsos xov liab nrog daim tiab dawb uas tawg ib co paj ntawm daim taw tiab liab vog.

Twb txog ze kaum teev lawm Txiv Ntxawm mam thauj Ntshiab Si nkawv mus tsev. Thaum Txiv Ntxawm lub tsheb los nres ntawm qhov chaw nres tsheb Ntshiab Si pom Jenny zaum ib leeg ntawm tus taw ntaiv li nws tseem tab tom tos leej twg. Ntshiab Si thiaj tawm mus nrog Jenny tham.

"Ntshiab Si, koj Pog neb mus qhov twg lawm?" Jenny nug.

"Wb mus noj qaib ntxhw tim kuv Txiv Ntxawm lawm," Ntshiab Si teb.

"Koj nyob ntawm no tos kuv." Jenny cia li sawv tsees mus rau hauv tsev thiab nqa tau ib pob zaub mov tawm tuaj. "Ntshiab Si kuv twb yuav tuaj caw koj Pog neb tuaj nrog peb noj qaib ntxhw tab sis neb ho mus tim koj Txiv Ntxawm lawm. Kuv tseg qhov no rau neb." Jenny muab pob zaub mov cev rau Ntshiab Si.

Ntshiab Si zoo siab heev thaum nws hnov Jenny cov lus. Nws txais cov zaub mov thiab hais lus ua tsaug rau Jenny. Dhau ntawd, Ntshiab Si nug seb Jenny puas mus ua si tim tshav Peb Caug.

"Tej zaum kuv tsis mus vim tias Windy tsis nyob lawm," Jenny teb.

"Es twb tshuav koj niam ne?" Ntshiab Si nug.

"Kuv tsis paub xyov kuv niam puas mus vim tias nws tsis nyiam," Jenny qhia rau Ntshiab Si.

"Koj kuj nrog kuv tus Niam Ntxawm peb mus ua ke xwb," Ntshiab Si yaum kom Jenny nrog lawv mus.

"Cia kuv mam li qhia rau koj tag kis," Jenny hais li no tas ces nws mus rau hauv tsev lawm.

Ntshiab Si sawv ntxov ntxov thaum 5 teev los npaj nws tus kheej vim tias Txiv Ntxawm yuav tau mus kom ntxov rau tim tshav pob. Pog pab kho cev ris tsho Hmoob rau Ntshiab Si hnav. Thaum Ntshiab Si hnav tau khaub ncaws lawm, nws thiaj hu xov tooj mus rau Jenny tab sis tsis muaj leej twg teb li. Ces ib pliag li 10 feeb tom qab, Txiv Ntxawm lub tsheb nrov vwg tuaj nres nkaus nraum zoov ces Ntshiab Si thiab Pog thiaj tawm mus lawm.

"Niam Ntxawm qhov chaw ua Peb Caug nyob qhov twg?" Ntshiab Si nug thaum nws mus txog hauv tsheb.

"Nyob tim downtown los sis plawv nroog, tim cov tsev siab siab tid. Lub tsev ntawd mas loj thiab dav heev li," Niam Ntxawm taw tes qhia rau Ntshiab Si.

Ntshiab Si thiaj saib mus no pom cov tsev muaj ntau tshooj siab siab thiab iav ci ntsa iab xwb. Thaum Txiv Ntxawm tsav tsheb mus rau qhov chaw nres tsheb hauv lub qab tsev uas ti ti ua rau Ntshiab Si ceeb nkaus tias tsam lawv lub tsheb tsoo cov ncej

thiab qab tsev. Ntshiab Si twb zaum hauv tsheb tab sis nws tseem khoov zam cov las tav thiab. Txiv Ntxawm lub tsheb khiav nrov vwg mus twb tsis chwv dab tsi li.

Vim Txiv Ntxawm tuaj pab lawv ua hauj lwm ces nws tsev neeg tsis raug them nqi qhov rooj. Lub sij hawm no tseem tsis tau muaj cov pej xeem tuaj, tsuas yog cov neeg muag khoom thiab neeg ua hauj lwm xwb.

Lub tsev no muaj ob tshooj, tshooj ob yog lub sam thiaj sib tw cov ntxhais nkauj ntsuab thiab tub nraug nab. Tshooj ib yog qhov chaw pov pob, muag khoom thiab zaub mov noj. Thaum lawv nce mus txog saum tshooj ob pom cov tub paj nruag tab tom sim lawv cov koos ntaus saum lub sam thiaj. Lawv thiaj mus nrhiav ib qhov chaw zaum ze ntawm lub sam thiaj saib neeg ua kev lom zem.

Lawv zaum ntawm no ib pliag ntev loo, ces Rose thiaj hais tias "Ntshiab Si, wb mus yuav dab tsi noj hauv first floor."

Ntshiab Si thiaj sawv tsees yuav nrog Rose mus. Niam Ntxawm thau kiag tau ib daim nyiaj cev nkaus rau Ntshiab si, "Nqa qhov nyiaj no mus ib pliag koj thiaj tau yuav dab tsi noj."

"Niam Ntxawm kuv tsis yuav os," Ntshiab Si yig.

"Kav tsij txais nkaus nqa mus," Niam Ntxawm cia li muab ntsaws nkaus rau Ntshiab Si txhais tes.

Ntshiab Si thiaj nug ntxiv tias, "Niam Ntxawm, Pog neb puas noj dab tsi?"

"Yuav ob khob nab vam los rau Pog wb xwb," Niam Ntxawm teb.

Rose thiab Ntshiab Si mus rau sab hauv qab. Thaum nkawv mus txog sab hauv twb muaj neeg ncig zom zaws mus saib cov rooj muag yeeb yaj kiab rau tom ub tom no lawm. Pem lub qhov rooj nkag los pom tib neeg sawv coob heev ua kab ntev nkaus vos mus rau tom tog tsev. Ntshiab Si nkawv thiaj ncig mus rau sab muag zaub mov noj; nqaij qaib, nqaij npuas, thiab hnyuv ntxwm ci tsw qab ntxiag rau txhuab lub rooj.

"Rose, koj puas nyiam noj taub ntoos qaub?" Ntshiab Si hais yam li nws nqos qaub ncaug thiab nqhis kawg li.

"Koj xav noj papaya salad los," Rose hais.

Ntshiab Si thiaj mus tuav tau ib tais qaub tsw kua ntses lwj ntxiag nrog rau kua txob liab vog nqa los. Nkawv mus yuav tau ob khob nab vam thiab plaub taub dej nqa mus rau sab saum Pog thiab Niam Ntxawm nkawv. Lawv noj taub ntoos qaub ua kua muag kua ntsw si laws thiab di ncauj ntsim kub lug npaum txhiab hluav taws.

Ntshiab Si pom cov tib neeg taug kev ib pab rau ub ib pab rau no thiab zoo li lawv txhua tus twb muaj tug tas lawm. Tsuas pom muaj qho tus neeg, cov laus thiab hluas sawv pov pob sib nrhav rau ntawm lub plag tsev xwb. Pog thiab Niam Ntxawm zaum rawv ntawm lub sam thiaj saib cov ntxhais nkauj ntsuab thiab tub nraug nab tawm los rag txuj. Ntshiab Si thiab Rose thiaj mus sawv pov pob ua ke nrog cov tib neeg laug lub caij lub nyoog.

Thaum txog tav su Pog thiab Niam Ntxawm los coj nkawv mus yuav su noj. Pom tib neeg sawv sib txiv qev yuav zaub mov noj ntawm cov rooj. Ntawm ob sab tib neeg taug kev mus mus los los ua ntshua niab. Niam Ntxawm thiaj mus yuav zaub mov los rau lawv noj.

Dhau ntawd, Ntshiab Si thiab Rose tawm mus hloov khaub ncaws nraum tshcb vim tias khaub ncaws Hmoob yeej tsis yooj yim thaum mus siv chav dej. Thaum nkawv hloov ris tsho tas nkawv thiaj los nrog Pog thiab Niam Ntxawm zaum ntawm lub sam thiaj saib cov neeg ua yeeb yam.

Dhau ntawm kev sib tw ntxhais nkauj ntsuab thiab tub nraug nab, tseem muaj kev sib tw seev cev thiab nqua yas suab. Tsis tas li ntawd tseem muaj cov qhua tshwj xeeb raug caw tuaj nqua yas suab pub rau tsoom niam txiv kwv tij neej tsa mloog thiab.

Txawm tias txoj kev pov pob tsis muaj qab hau npaum li thaum Ntshiab Si tseem nyob tim Teb Chaws Thaib tab sis yeej muaj ntau yam kev ua yeeb yam los zem. Ntshiab Si pom tias cov tub ntxhais hluas nyob sab tim no coj tus cwj pwm txawm cov tim ub. Cov tub hluas thiab ntxhais hluas tim no tsis muaj qhov txaj muag rau cov laus li. Yog lawv muaj tug lawm ces lawv yeej qhia ncaj nraim thiab sib tuav tes taug kev cuag li yog txij nkawm tiag lawm.

5

Yuaj Mus Party

Txhua lub xyoo txog lub caij so rau Christmas, cov tub ntxhais kawm ntawv qib kaum ob yeej npaj ua ib lub koob tsheej seev cev los nrhiav nyiaj pab rau lawv qhov kev mus tsham kawm. Ob lim tiam ua ntej lub Koob Tsheej Christmas, cov tub ntxhais kawm ntawv qib kaum ob yeej muab cov posters qhia txog lub party lo rau cov phab ntsa hauv lub tsev qhia ntawv. Muaj ib hnub thaum lawv noj sus, Jenny thiaj yaum kom Ntshiab Si nrog nws tuaj koom lub party no.

"Ntshiab Si, koj puas paub daim poster no hais txog dab tsi?" Jenny nug.

"Kuv tsis paub os," Ntshiab Si teb.

Jenny hais ntxiv, "Tsev kawm ntawv yuav muaj ib lub party ua ntej peb mus so rau winter break."

"Party yog dab tsi?" Ntshiab Si xav paub.

"Dance party," Jenny qhia.

"Koj hais seev cev nrog txiv neej los," Ntshiab Si hais.

"Yeah, that's right," Jenny ncaws ncaws hau.

"Txaj txaj muag es ntshe kuv tsis tuaj pob," Ntshia Si lub ntsej muag nce ntshav liab vog.

"Hey, kuv twb tsis muaj date, kuv thiaj li yaum koj," Jenny hais ntxiv.

"Koj hais dej dab tsi? Wat…wat..ter?" Ntshiab Si tsis nkag siab.

"Tsis yog, ua cas koj tsis understand li, date yog ib tus partner," Jenny qhia.

"Oh, koj hais hluas nraug," Ntshiab Si teb.

"Yeah!" Jenny lub suab nrov ua rau cov tub ntxhais kawm tig zom zawj tuaj saib nkawv.

"Kuv yeej xav tuaj kom pom seb lub party zoo li cas tab sis kuv tsis paub xyov Pog puas kheev," Ntshiab Si hais tau yam txo zog kawg li.

"Koj Pog yeej yuav tsum kam xwb," Jenny hais tau yam tso siab plhuav.

"Cia kuv mam li qhia koj tag kis," Ntshiab Si teb.

"Okay, ua li ntawd," Jenny xaus lus.

Lub tswb cia li nrov kiag los cuam tshuam nkawv kev sib tham. Ntshiab Si sawv mus rau tom nws chav kawm ntawv lawm. Thaum lawb ntawv los tsev, Ntshiab Si twb xav nug Pog tab sis nws kuj ntshai tsam Pog tsis kheev. Ntshiab Si ua xyem xyav xyov yuav nug los tsis nug. Zoo li txhua hnub tom qab noj hmo tas Ntshiab Si yeej mus ua nws cov homework hauv txaj lawm, tab sis hmo no nws tsis muaj siab ua dab tsi li. Nws ib sij sawv khuj khuav ua txuj los haus dej los sis siv chav dej.

Pog pom tias zoo li Ntshiab Si coj tus cwj pwm txawv heev hmo no. Ib pliag Ntshiab Si rov qab sawv los haus dej dua, Pog thiaj tsa ncauj nug, "Me ntxhais kuv saib zoo li koj nyob tsis tswm li es puas yog muaj dab tsi ua rau koj nyuaj siab os?"

"Tsis muaj dab tsi twb yog hnub no xib hwb kom peb sib tw khiav tom tsev kawm ntawv es ua rau kuv nqhis dej xwb," Ntshiab Si ua txuj teb li.

"Yog muaj dab tsi los qhia rau Pog mog es seb Pog pab puas tau koj os," Pog hais ntxiv.

Ntshiab Si nqa lub khob mus txawb saum txee thiab los zaum ntawm Pog ib sab. Nws cev tes mus khawm Pog lub xwb pwg. "Pog, kuv xav nrog Jenny mus ua si tom tsev kawm ntawv lwm lub lim tiam es koj xav li cas?" Ntshiab Si hais lub suab tshee tshee zoo li nws ntshai heev.

"Mus thaum nruab hnub los sis hmo ntuj ma?" Pog nug.

"Yog 7 teev txog 12 teev ib tag hmo," Ntshiab Si qhia.

"Es leej twg yuav thauj neb mus?" Pog xav paub.

"Jenny tus niam laus, Windy," Ntshaib Si hais.

"Raws li Pog lub siab xav mas Pog yeej tsis xav kam koj mus vim Pog ntshai tsam muaj neeg phem ua li cas rau koj," Pog txhawj txog Ntshiab Si heev li.

"Pog, koj tsis txhob txhawj, lub party no ua rau tom peb tsev kawm ntawv xwb thiab muaj cov xib hwb qhia ntawv tuaj ua cov saib peb," Ntshiab Si qhia.

"Sub niam muaj li ntawd os," Pog xav paub qhov tseeb.

"Pog, yog ib qhov kev lom zem rau peb cov tub ntxhais kawm ntawv vim tias peb twb yuav so tsev kawm ntawv sai sai no," Ntshiab Si hais ntxiv.

Txog thaum kawg Pog kuj pom zoo rau Ntshiab mus koom lub Christmas Party lawm. Ntshiab Si zoo siab hlo mus ua nws cov hauj lwm tom tsev yam luag ntxhi. Nws tos tsis taus yuav mus qhia qhov xov xwm zoo no rau Jenny.

Txhua hnub Jenny yeej nrog Windy caij tsheb mus kawm ntawv tab sis tag kis no thaum Ntshiab Si nqis mus tos tsheb npav nws pom Jenny sawv ntawm tus taw ntaiv.

"Jenny, koj tsis nrog Windy caij tsheb los?" Ntshiab Si nug.

"Kuv xav caij tsheb npav nrog koj," Jenny teb yam zoo siab hlos

"Ces wb mus os," Ntshiab Si hais.

Nkawv taug kev mus rau tom qhov chaw tos tsheb npav.

Jenny thiaj nug tias, "Ntshiab Si, koj Pog puas kam koj mus party?"

Ntshiab Si teb luag ntxhi rau Jenny tias, "Zaum no ces wb yuav tau mus seev cev lau."

"Zoo heev, kuv twb npaj tau ob ce khaub ncaws rau wb hnav mus party lawm," Jenny hais yam zoo siab hlo.

Thaum lub tsheb npav tuaj txog, nkawv thiaj caij mus kawm ntawv lawm. Jenny tos tsis taus mus txog tom tsev kawm ntawv es nws yuav maj mus yuav yuaj hauv tuam chav ua hauj lwm. Thaum nkawv nqis kiag tsheb npav xwb Jenny mus ncaj nraim rau hauv tuam chav ua hauj lwm lawm. Ib pliag Jenny nqa tau 3 daim yuaj tawm los.

"Nov yog daim yuaj mus party, koj txhob ua poob nawb," Jenny muab ib daim yuaj cev rau Ntshiab Si. Ib qho ntxiv uas ua rau Jenny zoo siab heev mas vim yog nag hmo John twb tau hu tuaj hais kom Jenny uas nws tus khub lawm. Nkawv ua ke mus

rau tom chav noj mov. Jenny mam qhia rau Ntshiab Si txog qhov John hu tuaj nrog nws tham.

"Ces koj muaj date lawm es tshuav kuv ne," Ntshiab Si ua txuj tso dag rau Jenny.

"Kuv twb hais kom John coj nws tus phooj ywg tuaj thiab," Jenny hais.

"Kuv lam tso dag rau koj xwb. Kuv tsuas tuaj kom pom tias lub party zoo li cas xwb," Ntshaib Si hais.

Ib pliag pom John los rau hauv chav noj mov, Jenny thiaj ntxhi qhia rau Ntshiab Si tias, "John yog tus tab tom taug kev los ntawd."

"Nws phim koj kawg li," Ntshiab Si teb.

"Nws puas zoo nraug thiab? Kuv lam dag xwb, Jenny cia li muab tes los pos kiag nws qhov ncauj.

"Nws yeej zoo nraug phim koj kawg li. Nws kawm qib dab tsi lawm?" Ntshiab Si xav paub.

"Qib kaum ib lawm os," Jenny teb.

Zoo li lub lim tiam no sij hawm mus ceev heev li, ib pliag xwb twb txog hnub so. Ces lub lim tiam tshiab twb pib dua lawm. Jenny qhwv tau ib pob khoom plig nqa tuaj rau Ntshiab Si.

Jenny hais rau Ntshiab Si tias, "Lub caij Christmas yog lub sij hawm uas sib pub khoom plig. Cov Neeg Mes Kas yuav muab cov teeb ci liab ci ntsuab los dai rau lawv tej tsev thiab muab tsob ntoo Christmas los txawb rau hauv tsev. Qhov no yuav ua rau lub nroog ci ntsa ias thaum tsaus ntuj xwb."

Jenny ke piav, Ntshiab Si ke nug kom nws to taub. Thaum Jenny piav tas kuj ua rau Ntshiab Si nkag siab txog lub ntsiab ntawm lub Koob Tsheej Christmas no me ntsis lawm.

Hnub tom qab thaum Ntshiab Si mus kawm ntawv los ua cas muaj ib tso ntoo Christmas thiab ob pob khoom plig txawb ntawm ces kaum tsev. Nws zoo siab heev li tias nag hmo nkawv tham txog Christmas xwb es ua cas hnub no cia li muaj ib tsob ntoo Christmas nyob hauv tsev lawm.

"Pog, Pog, leej twg muab tsob ntoo Christmas no rau koj?" Ntshiab Si nug yam zoo siab hlo.

"Twb yog puag ta Nyab Koob nqa tuaj, nws kom koj muab cov hluas teeb dai rau no," Pog hais.

Ntshiab Si saib ntawm lub rooj pom ob pob Christmas lights, ces nws thiaj qhib thiab muab coj los dai ncig tsob ntoo. Thaum dai tas lawm, Ntshiab Si thiaj muab txoj hluas mus ntsia rau lub pob hluas taws xob. Cov teeb ci ntsias liab ntsias ntsuab zoo nkauj heev li.

Txawm hnov zoo li muaj neeg tuaj khob khob qhov rooj. Ntshiab Si thiaj sawv tsees mus qhib.

"Jenny koj tuaj los, los tsev os," Ntshiab Si hu luag ntxhi.

"Hey txog sij hawm mus hnav khaub ncaws lawm," Jenny hais.

Ntshiab Si thiab Jenny thiaj mus hnav ris tsho thiab pleev plhu sab hauv Jenny lawv lawm. Hauv Jenny thiab Windy chav pw lo cov duab Mes Kas Dub hu nkauj puv nkaus rau ob sab phab ntsa. Nkawv ib leej muaj ib lub rooj cia tshuaj pleev plhu. Ib

37

leeg muaj ib lub tub rau khaub ncaws, thiab lub closet dais cov ris tsho tiv no.

Jenny qhia rau Ntshiab Si tias, "Cov tsho nyob sab laug yog Windy li. Tej thaum wb shared clothes, but kuv tsis tshua nyiam Windy cov because they smell bad. I don't like cigarette."

"Cigarette yog dab tsi?" Ntshiab Si xav paub.

Jenny muab nws ob tus ntiv tes los tso kiag ntawm qhov ncauj qhia rau Ntshiab Si li tus neeg haus luam yeeb.

Jenny hais ntxiv, "Windy cov boyfriends yog smokers xwb. I don't like smoking people."

Dhau ntawd, Jenny muab nws cov tshuaj pleev plhu los pleev Ntshiab Si. Ib txwm Ntshiab Si yeej tsis paub siv tshuaj pleev plhu vim tias tsis muaj neeg qhia nws. Tsis tas li ntawd, thaum nyob tim Thaib Teb nws yeej tsis muaj phooj ywg li. Nws niaj hnub nyob hauv tsev nrog Pog xwb. Nws yeej tsis paub xyov yuav siv tej khoom no li cas.

Thaum nkawv pleev plhu tas Windy mam li los rau hauv txaj. "Hey, who's that?" Windy nug.

"Damn girl, you don't recognize her. She's our neighbor." Jenny teb.

"Damn really, she's pretty. Men will go crazy for her." Windy hais ntxiv.

Jenny muab Ntshiab Si pleev plhu tau zoo phim nws lub cev kawg li. Dhau ntawd Jenny thiaj muab cev ris tsho poj tiab liab rau Ntshiab Si sim. Ntshiab Si tseem ua xyem xyav tias nws yuav mus sim qhov twg.

"Girl, change in here," Jenny hais.

"Es txaj txaj muag rau neb ne," Ntshiab Si teb.

"Don't be shy, we're girls," Jenny hais ntxiv.

Ntshiab Si tig rau tim phab ntsa thiab muab cev poj tiab liab doog ntshav los hnav. Thaum hnav tau Ntshiab Si zoo tam tus Nkauj Seev hauv zaj yeej yaj kiab <u>Neej Khuam Siab</u>. Jenny thiaj hnav cev poj tiab liab tshiab tshiab. Ces hmo no nkawv yog ob tus ntxhais hnav ob daim tiab liab. Tom qab lawv hnav tau khaub ncaws, lawv thiaj tawm mus thaij duab nraum zoov los khaw cia saib ua dab muag.

6

Koob Tsheej Christmas

Twb muaj ntau lub tsheb nres ua ntej ntawm qhov chaw nres tsheb thaum lawv mus txog ntawm tsev kawm ntawv. Windy nres tsheb ces lawv thiaj tawm mus. Ntshiab Si tsis tau rau khau txheem luj dua li ces ua rau nws tsis paub xyov yuav rhais ruam li cas. Thawj kauj ruam xwb twb ua rau Ntshiab Si lem ko taw ua rau nws yuav laug ntog. Jenny thiaj pab hwj Ntshiab Si ntawm qhov chaw nres tsheb li tus neeg qaug caws mus rau sab hauv tsev.

Cov tub ntxhais kawm qib kaum ob muab chav noj mov hloov mus ua chav seev cev. Pom zais dai nplawg ntia tim phab ntsa nrog rau cov paj liab pes vog rau ob sab. Lawv teeb cov rooj kheej ncig qhov chaw seev cev nrog rau ib lub tais txawb paj rau hauv nruab nrab. Tus DJ twb tso nkauj nrov deeg daws nrog cov teeb taws ci laim liab pes vog rau ntawm qhov chaw seev cev. Ntawm sab xis yog qhov chaw yees duab, nram qab yog qhov chaw muag zaub mov noj.

Ntshiab Si lawv mus zaum lub rooj nyob sab laug ntawm lub sam thiaj. Ib pliag cov tub hluas ntxhais hluas tuaj zom zawm rau hauv chav no. Cov muaj khub ces tuav tes rawv taug kev tuaj yam zoo siab luag ntxhi. Sawv daws hais lub Hmoob xyaws lus As Kiv cuag li cas tom tej tuaj. Thaum txog caij lawm ces tus thawj sawv cev ntawm cov tub ntxhais kawm ntawv qib kaum ob thiaj los hais lus qhib lub koom txoos rau sawv daws.

40

"Nyob zoo cov phooj ywg. Kuv zoo siab thiab ua tsaug rau nej txhua tus uas tuaj txhawb lub koob tsheej hmo no…Cia peb pib kev lom zem tau!"

Cov uas muaj tug ces nyias coj nyias tus hlub mus seev cev thaum zaj nkauj pib nrov. Jenny luag ntxhi thaum nws pom John taug kev luag nyav los. John thiab Jenny mus seev cev ua ke lawm. Ntawm lub rooj tsuas tshuav Ntshiab Si zaum ib leeg nrog cov purses thiab tsho tiv no xwb.

Vim lawv pheej npaj ntev ntev ces Ntshiab Si tsis muaj sij hawm noj hmo, nws thiaj sawv mus yuav tau ib tais mov nplaum nrog ncej puab qaib ci los noj. Thaum zaj nkauj tas, Jenny cia li nrog John mus zaum tim John lub rooj lawm. Ntshiab Si zaum ib leeg noj mov nrog nws tus kheej.

Lub suab taug kev los ua rau Ntshiab Si tsa hlo qhov muag saib. Nws pom Windy ua ntsej muag dub txig thiab plaub hau ntxhov hnyo tsis rau khau li, los ncaj nrais rau ntawm nws. Ntshiab Si poob siab nthav, nws xav nug Windy tab sis nws ho ntshai.

Windy nthos nkaus nws lub tsho tiv no thiab lub purse tig loo rov mus lawm. Cia li muaj kiag ib zaj nkauj sib hlub qeeb qeeb nrov zoj tuaj, cov tib neeg sawv zom zaws mus seev cev dua. Ua rau Ntshiab Si ntsia tsis pom tias Windy mus rau tog twg lawm. Nws thiaj txim cuag li cas ntawm cov neeg mus tshwm plaws ntawm lub hallway. Pom Windy taug kev nrawm nroos mus rau tom lub qhov rooj loj uas yuav tawm mus rau nraum zoov.

Txhais khau luj siab ua rau Ntshiab Si tsis zoo taug kev ces nws thiaj muab hle kiag los nqa. Ntshiab Si rhais ruam nrawm nroos caum Windy mus rau tom lub qhov rooj loj. Ntshiab Si yeej ntseeg tsis tau qhov nws pom no li. Windy thiab ib tus ntxhais tab tom sib thawb thiab sib ntaus sab nraum qhov rooj.

Koj ib nrig kuv thiab kuv ib tshab nrig rau koj tab sis Windy yog tus neeg npag dua ces nws nthos nkaus tus ntxhais no tes fiav mus rau ntawm ib pawg daus. Tus xib hwb saib xyuas ntawm qhov rooj no thiaj tso sas ntws mus cheem tab sis Windy muab tus ntxhais no tib xyob ntog nreem ua rau cov daus ya ri nqug. Windy cia li tso sa khiav mus rau tom qhov chaw nres tsheb lawm. Tus xib hwb mus tsa tus ntxhais no thiab coj nws mus rau tom tuam chav ua hauj lwm lawm.

Ntshiab Si twb tsis yog tus tsim qhov teeb meem no tab sis zoo li nws ib ce tshee laim daws li thaum nws ua npau suav phem. Nws sawv ib tus ntseg ntsees li tus ncej rau ntawm no yoob tas yam li tus neeg ruam.

Ib tus xib hwb thiaj tawm los hais kom cov tub ntxhais kawm ntawv cia li mus kom tas rau tom chav ua party. Nws thiaj taug kev nrawm nroos los nrhiav Jenny. Cov tib neeg nyob tom chav seev cev no twb tsis paub txog qhov teeb meem no li, lawv tseem muaj muaj kev lom zem nrog rau lub suab nkauj xwb.

Ntshiab Si los sawv tos kom zaj nkauj tas tso nws mam li xam nrhiav seb puas pom Jenny nyob qhov twg. Tom qab zaj nkauj xaus lawm, cov neeg seev cev rov qab zom zawm mus zaum rau ntawm lawv qhov chaw tab sis tsis pom Jenny thiab John li.

"Ob tus no mus rau qhov twg lawm ne," Ntshiab Si nroo rau nws tus kheej.

Nws tig kiag mus saib rau ntawm hallway no mam pom Jenny thiab John sib tuav tes taug kev yuj yeev tom chav dej los. Ntshiab Si mus nrawm nroos rau ntawm nkawv. Nws mus rub kiag Jenny tes thiab ntxhi tias, "Kuv pom Windy sib ntaus nraum zoov."

Vim cov suab paj nruag nrov ua nqaj ua nqug hauv chav noj mov tuaj ces ua rau Jenny tsis hnov zoo.

"Koj hais dab tsi no kuv tsis hnov li," Jenny hais.

"Tib neeg sib ntaus nraum zoov," Ntshiab Si tsis xav hais Windy lub npe tsam John ho paub txog.

Jenny thiaj tig mus hais lus rau John, "Koj mus nyob sab hauv tos kuv. Ntshiab Si wb mus tom office ib pliag wb mam los."

Nkawv taug kev nrawm nroos mus rau tom lub qhov rooj loj lawm. Thaum mus txog tod, twb tsis pom ib tus neeg nyob ntawm no lawm, tsuas tshuav Mr. Chang sawv ntawm qhov rooj ncig mus ncig los xwb.

"Neb yuav mus qhov twg?" Mr. Chang nug.

"Wb los nrhiav Windy xwb," Jenny teb.

"Tsis muaj leej twg nyob ntawm no lawm, neb rov qab mus," Mr. Chang hais ntxiv.

Thaum nkawv tig loo los, Jenny ntsia mus rau hauv chav ua hauj lwm no pom Windy tus hluas nraug tab tom tuav hnab dej kho npuab rau Jennifer sab plhu. Qhov no ua rau Jenny tsis to taub tias vim li cas Jimmy ho ua li no. Nws thiaj nkag kiag mus nug Jimmy.

"Jimmy, what's going on? Where is my sister?" Jenny nug.

Jimmy teb ib tug npau taws vog rau Jenny txog qhov teeb meem ntawm Windy thiab Jennifer. Nws hais ntxiv tias, "I think Windy took off."

Jenny thiaj hu xov tooj mus rau Windy tab sis zoo li Windy muab nws lub xov tooj ntawm tes tua lawm. Qhov no ua rau Ntshiab Si tsis qab siab nyob ntxiv li lawm ces nws thiaj taij kom Jenny nkawv los tsev. Tab sis lub party nyuam qhuav pib xwb ces Jenny tseem tsis tau xav mus tsev li. Ntshiab Si ua tsis tau li cas ces nws lam rov qab nrog Jenny mus rau tom qhov chaw seev cev.

Nws rov qab los zaum ib leeg ntawm lub rooj saib cov tib neeg seev cev, tus yuav qoj cev tig mus sab twg los muaj tas li. Ib pliag ntawd muaj ib tus tub hluas los rub kiag lub tog ntawm Ntshiab Si ib sab zaum. Ntshiab Si txaj muag tsawv ces nws cia li ua txuj cev tes mus ko nws lub purse. Tus hluas no pib tsa ncauj hais lus rau Ntshiab Si. Txawm Ntshiab Si txaj muag npau li cas los nws yuav tau teb tus hluas no cov lus.

"Hey, hluas nkauj koj lub npe hu li cas?" Tus hluas no nug.

"Kuv...aws kuv hu Ntshiab Si Lis. Es koj ne?" Ntshiab Si teb.

"Kuv hu ua Pov Tsab. Hey, hluas nkauj zoo li kuv twb pom koj qhov twg lawm sav," Pov hais ntxiv.

"Tib neeg coob coob ntshe koj yuam kev kuv rau lwm tus xwb," Ntshiab Si hais.

"Tsis, zoo li kuv yeej pom koj qhov twg lawm lo. Aub, kuv nco tau lawm lau," Pov qhia.

"Puas tiag ma," Ntshiab Si xav paub.

"Puas yog nej nyuam qhuav tuaj tim Zos Vaj Loog Tsua tuaj xwb?" Pov nug.

"Yog ma," Ntshiab Si teb.

"Ces koj yeej yog tus kuv pom lawm," Pov hais tau yam zoo siab heev.

"Koj hais li ko es txhais tau li cas ma?" Ntshiab Si tsis nkag siab.

"Kuv twb pom koj thaum peb nyob tim Zos Vaj Loog Tsua lawm," Pov qhia.

Thaum no Ntshiab Si mam li nco tau tias nws twb pom Pov dua lawm. Nws pom Pov thaum Pog nkawv tab tom npaj tuaj rau lub teb chaws no. Ntshiab Si tsis xav tias tuaj txog tim no yuav tau ntsib Pov.

"Koj twb tsis kawm ntawv ntawm no es koj nrog leej twg tuaj?" Ntshiab Si nug.

"Kuv tuaj nrog John," Pov teb.

"Tus John twg na?" Ntshiab Si nug ntxiv.

"Jenny tus hluas nraug," Pov qhia.

"Es koj txheeb John li cas?" Ntshiab Si xav paub.

"John yog kuv tus phauj tus tub xwb," Pov teb.

Lub sij hawm no ua rau Ntshiab Si tsis nco qab txog qhov yuav mus tsev lawm. Dhau ntawd, Pov thiab Ntshiab Si sawv mus seev cev ua ke. Yog thawj zaug Ntshiab Si seev cev nrog ib tug tub hluas. Nws txaj muag heev thaum nws tsuj yuam kev Pov txhais ko taw. Thaum muaj kev lom zem lawm zoo li lub sij hawm kuj khiav mus ceev kawg. Ntshiab Si nyuam qhuav swm rau kev seev cev xwb twb txog sij hawm lawb party lawm.

Thaum lawv tawm los txog tom qhov chaw nres tsheb, tsis pom Windy lub tsheb lawm. Qhov zoo twb yog John thiab Pov nrog nkawv taug kev ua kev los ntawm no. John thiaj hais tias, "Tsis pom Windy lawm ces wb mam li pab thauj neb mus tsev."

7

Teeb Meem

Thaum lawv los txog tsev, Windy lub tsheb twb nres ntawm qhov chaw nres tsheb lawm. Jenny thiab Ntshiab Si thiaj tawm hauv John lub tsheb mus. Ntshiab Si hlob luaj li no nws yeej tsis tau muaj ib tus Hmoob li, Pov yog thawj tus hluas uas Ntshiab Si tau tham lus nrog xwb. Qhov no ua rau Ntshiab Si lub siab dhia pig poog npaum li thaum xib hwb hais kom nws nyeem ntawv hauv chav kawm ntawv.

Ntshiab Si maj mam rhais ruam nce tus ntaiv mus rau saum tsev lawm. Nws thau tus yum sij hauv purse los qhib qhov rooj thiab nkag mus rau hauv tsev. Thaum nws qhib qhov rooj nrov dig dawg ua rau nws Pog hnov dheev ces nws Pog thiaj sawv tom txaj los.

"Me ntxhais, nej twb los lawm los," Pog nyob ntawm rooj txag hu.

Pog lub suab ua rau Ntshiab Si ceeb nkaus vim nws lub hlwb tseem xav txog qhov teeb meem Windy sib ntaus tom tsev kawm ntawv.

"Pog! Kuv xav tias koj tsaug zog lawm no. Koj ua rau kuv ceeb tas li os," Ntshiab Si hais.

"Kuv twb pw lawm tab sis tsis tau tsaug zog xwb." Pog thiaj los tuav Ntshiab Si tes thiab hais tias, "Tsis txhob ntshai me ntxhais."

Ntshiab Si mus hle thiab hloov nws cov ris tsho tom txaj. Thaum Pog mus siv chav dej tas, nws thiaj tawm los hais tias,

"Kuv tseg tau ib tais zaub txawb tom txee rau koj. Ib pliag koj mus muab noj nawb." Ces Pog cia li mus pw lawm.

Thaum Ntshiab Si hloov ris tsho tas nws tawm los rau tom chav noj mov los saib seb Pog ua dab tsi noj hmo no. Nws muab lub phaj khwb tais zaub tshem thiab muab tais zaub coj mus rhaub hauv lub microwave. Thaum rhaub zaub sov lawm, nws nqa los noj ntawm lub rooj noj mov. Ntshiab Si ke noj mov ke xav txog lub sij hawm uas Pov nkawv seev cev, cav ua rau nws tuaj dab nros zoo siab luag nyav li ib tug me nyuam yaus uas tau ib qho khoom ua si tshiab.

Ntshiab Si zoo siab twj ywm tias Pov yog thawj tug tub hluas uas nws tau ntsib nyob rau lub teb chaws no. Txawm tias nkawv tau nyob ua ke tim Vaj Loog Tsuas los nkawv yeej tsis tau sib paub li. Thaum Ntshiab Si xav li no ua rau nws nco txog lub neej yav tas los es tsis muaj leej niam thiab leej txiv los nrog luag hu. Qhov no ua rau nws lub kua muag txia txev tawm los.

Tus tes khiav hauv lub teev uas dai tim phab tsav nrov los cuam tshuam kiag Ntshiab Si txoj kev xav no. Nws cia li muab cov zauv mov noj tsis tas coj mus nchuav pov tsev hauv lub thoob khib nyiab thiab muab lub phaj ntxuav cia. Ntshiab Si mus saib lub qhov rooj dua ib lwm seb puas tau xauv ua ntej nws mus pw.

Tag kis no Ntshaib Si khoov lav ntev heev tsis txawj sawv tom txaj los li. Pog twb sawv los ua tshais noj tas thiab los zaum ntawm lub sofa saib yeeb yaj kiab li qub lawm. Pog tso kwv txhiaj saib hais suab seev yees hauv TV tuaj. Lub suab kwv txhiaj thiab cov pa nqaij ci hauv qab qhov cub mam ua rau Ntshiab Si tsim dheev hauv nws tus dab ntub los. Ntshiab Si mam saib nws lub teev ntawm rooj no twb ze li 10 teev lawm. Nws xyu ib suab thiab sawv los ncab ib ce saum txaj.

Ntshiab Si tawm ib tus plaub hau ntxhov nyho hauv txaj los. "Pog, tag kis no koj ua dab tsi noj ua cas yuav tsw qab ua luaj li?" Nws los sawv ntawm Pog ib sab saib rau tim lub TV.

"Kuv ci ob daim tav npua xwb. Kuv noj ib daig lawm es tseg ib daig cia tim txee rau koj. Kav tsij mus ntxuav muag thiab txhuam hniav es yuav los noj tshais." Pog hais.

Ntshiab Si mus rau tom chav dej lawm. Ib pliag ntev loo nws mam li tawm mus tom txaj thiab hloov ris tsho. Nws Pog tseem zaum qhov chaw qub saib Kum thiab Paj Xyoob sib lwv kwv txhiaj.

Ntshiab Si yeej siv ob hnub so no los tu vaj tu tsev kom huv siv vim tias cov hnub kawm ntawv ces nws yeej tsis xyeej li. Nws los muab khaub ruab cheb tsev ua ntej nws txhuam. Nws txhuam chav ua noj thiab chav dej. Ntshiab Si muab phuam los so kom qhuav qhawv cia es thiaj xis nyob. Nws muab lub vacumm los nqus chav nyob thiab chav pw. Dhau ntawd, nws thiaj los zaum nrog Pog saib yeeb yaj kiab.

Ua cas cia li hnov ib lub suab tsheb nrov zoo li leej twg siv siv zog tsuj tsheb khiav nraum zoov mus rau tom txoj kev loj lawm. Ntshiab Si sawv tsees mus xauj ntawm qhov rais. Nws pom Windy lub tsheb khiav ceev heev ploj ntais mus lawm.

Ib pliag li tsib feeb tom qab xwb zoo li leej twg nce ntaiv ceev heev tuaj. Ces txawm tuaj khov Ntshiab Si nkawv lub qhov rooj nrov tig toog cuag li tub ceev xwm tuaj nrhiav neeg ntes. Ntshiab Si muab nws phaj mov tso plhuav tseg thiab sawv tsees mus qhib qhov rooj.

Tus tuaj sawv sab nraud yog Jenny. Nws thiaj hais kom Jenny los rau hauv tsev. Jenny cia li hla hlo los hauv tsev. Ntshiab Si mus nqa tau ib lub tog los rau Jenny zaum. Ces Ntshiab Si mam tsa ncauj nug Jenny seb muaj teeb meem dab tsi?

Jenny piav ua lus Hmoob txuam lus As Kiv, hais lus Hmoob txhav nroj txhav nreev rau Ntshiab Si mloog. "Twb yog Windy mad because mom asked nws about last night. So Windy cia li khiav tawm thiab drove nws lub car mus lawm."

Thaum Jenny hais li no ua rau Pog txhawj xeeb vim nws tsis tshua to taub Jenny cov lus. Pog thiaj nug Ntshiab Si, "Me ntxhais, muaj teeb meem dab tsi no?"

Ces Ntshiab Si thiaj xav zoj tias puas yuav qhia qhov tseeb rau Pog vim tias nws tsis xav kom Pog nyuaj siab. Tab sis hauv Ntshiab Si lub neej nws yeej ib txwm tsis hais lus dag li ces nws tsis pom qab yuav khwv tswv yim li cas los dag rau Pog. Ntshiab Si thiaj ua ib siab piav Windy qhov teeb meem qhia rau Pog.

Pog thiaj hais tias, "Me ntxhais tej ko yog kev tsis sib to taub ntawm nej cov hluas xwb. Kev ua nkauj ua nraug yog yus tsis txawj ua ces yuav muaj teeb meem." Ntxiv ntawd Pog ntuas tias, "Neb yuav tsum rau rau siab kawm ntawv es tsis txhob maj xav

txog txoj kev ua nkauj ua nraug vim neb lub neej tseem tshuav ntev ntev rau yav pem suab."

Nkawv ob leeg zaum twj ywm mloog Pog cov lus qhuab qhia no. Txawm Jenny tsis tshua paub lus Hmoob zoo los nws yeej zoo siab uas tau hnov Ntshiab Si Pog cov lus. Jenny tau rov pib xyaum hais lus Hmoob los twb yog vim nws tau ntsib Ntshaib Si xwb. Vim tias Ntshaib Si tsis paub lus As Kiv ces txawm Jenny tsis paub lus Hmoob zoo los nws yeej yuav tau hais lus Hmoob rau Ntshiab Si. Yog ib qho zoo uas Jenny rov xyaum hais lus Hmoob dua.

Yav tas los Jenny yeej tsis hais ib lo lus Hmoob li, txawm tias nws niam thiab txiv hais lus Hmoob rau nws los nws yeej teb lus As Kiv rau nkawv xwb. Tab sis ib qhov uas ua rau Jenny tseem paub lus Hmoob me ntsis twb yog thaum nws tseem yau nws nyiam siab yeeb yaj kiab Hmoob nrog nws Pog. Txoj hmoo tsis muaj, nws Pog tau nruam sim ob xyoos ua ntej Ntshiab Si tuaj lawm. Qhov no thiaj ua rau Jenny hais lus Hmoob txhav zog lawm xwb.

Txawm tias Windy thiab Jenny yog ob viv ncaus los zoo li nkawv twb tsis sib raug zoo npaum li Jenny thiab Ntshiab Si. Txij thaum Ntshiab Si los nyob ntawm lub tsev apartment no ces ua rau Jenny hloov nws tus cwj pwm thiab kev tham lus nrog cov laus ntau heev lawm. Jenny nyob hauv tsev pab nws niam tu vaj tu tsev thiab tsis tshua tawm mus laij ua si li yav tas los.

Ntawm Ntshiab Si lo nws yeej zoo siab tias Jenny tsis thuam nws li lwm cov me nyuam Hmoob Mes Kas tias nws yog Hmoob

Thaib Teb los sis HTT. Txawm nkawv nyias yug muaj nyias niam nyias txiv los twb zoo li nkawv yog ib leej niam yug los lawm. Jenny yuav tau dab tsi noj los nws yeej tseg ib qho nqa mus rau Ntshiab Si noj. Nws coj Ntshiab Si mus ncig ua si thiab qhia Ntshiab Si txog lub neej nyob Teb Chaws Mes Kas no.

Ntshiab Si yeej zoo siab tias nws tau paub Jenny thiaj li ua rau nws tsis nco qab txoj lub neej nyob rau sab Thaib Teb. Ib qhov tshwj xeeb heev mas yog qhov Jenny tau pab Ntshiab Si ua nws cov homework thiab qhia nws xyaum hais lus As Kiv.

8

Mus Taug Kev

Lub sij hawm Jenny tuaj nyob nrog Ntshiab Si yeej ua rau nws kaj siab lawm ntau vim tias hauv nws chav tsev mam muaj suab nrov thiab suab qw tsis tu ncua li. Jenny tus nus hlob tseem raug kaw tom nkuaj vim nws nrog nws pab phooj ywg mus nyiag tsheb es raug tub ceev xwm ntes tau. Nws ob tus nus yau nyiam mloog cov nkauj Mes Kas Dub uas nrov pig pig poog poog xwb.

Qhov no ua rau Jenny tsis zoo ua nws cov hauj lwm nram tsev li. Tsis tas li ntawd, nws tus niam laus Windy yog ib tus neeg tsis tu nws tej khaub ncaws li. Windy hle nws cov ris tsho pov ua pawg ua lug thoob hauv nkawv cha pw tas li xwb. Leej twg tuaj los yeej tsis zoo tsuj qhov twg li, yuav tsum tau ua nchia taws los sis maj mam xaiv chaw tsuj xwb. Tej hmo uas Windy hais lus tsis haum nrog nws tus hluas nraug mas Windy tso thev pig pig poog poog thiab tsoo txaj tsoo chaw nrov nqaj to li.

Yog thaum twg Jenny uv tsis taus tej suab ua vig ua voog no ces nws kawg tawm mus lam hlwb nraum zoov los sis nce mus tsham Ntshiab Si xwb. Qhov no thiaj ua rau nkawv pib sib swm thiab sib raug zoo yam li ob viv ncaus tuaj lawm.

Nkawv txoj kev phooj ywg sib zeem ua viv ncaus no pib loj hlob mos nyoos li tej nroj tsuag uas tau txais dej nag thiab duab tshav ntuj ci rau. Tsis hais hauv tsev los sis tom tsev kawm ntawv, nkawv yeej ua ke nrwb nrais yam li ob viv ncaus tiag tiag.

Lub caij ntuj no dhau zuj zus mus lawm, lub caij ntuj tshiab twb ncig los txog. Hnub no thaum nkawv caij tsheb npav los

53

tsev, Jenny thiaj hais tias, "Ntshiab Si nco ntsoov muab koj lub moos tig ib teev mus rau hmo Saturday night."

"Koj hais li ko txhais tau li cas no?" Ntshaib Si tsis nkag siab.

"Qhov no yog Daylight Saving Time, ces peb yuav tau sawv ntxov zog lawm," Jenny teb.

"Daylight Saving Time yog dab tsi no?" Ntshiab Si nug.

"Qhov no ua kom hnub ntev es hmo luv xwb. Nws yog ib yam uas lub teb chaws no twb ua thaum Tsov Rog Ntiaj Teb Zaum Ib los lawm." Jenny qhia rau Ntshiab Si.

Tag kis no Jenny sawv ntxov tuaj nyob nrog Ntshiab Si li txhua lub lis xaus li yav tas los. Nkawv zaum saib yeeb yaj kaib Hmoob nrog Pog. Nkawv zaum sib tham ib pliag, Ntshiab Si mam nco tau tias Mrs. Jessica muab tau ib phau ntawv rau nws nqa los nyeem tom tsev.

Ntshiab Si thiaj hais tias, "Jenny, koj pab qhia kuv nyeem ntawv yom vim tias kuv tus xib hwb muab tau ib phau ntawv los rau kuv nyeem lub weekend no."

"Ua li los tau kawg," Jenny teb. Thaum no Jenny mam nco dheev tias nws tseem tshuav ib cov homework tsis tau ua thiab. Jenny hais ntxiv tias, "Koj tos kuv mus nqa kuv lub backpack tuaj tso." Ces nws cia li nqis ceev nrooj rov qab mus rau sab hauv lawm.

Ntshiab Si hais rau Pog tias, "Pog, ib pliag Jenny tuaj no ces koj hais kom nws los tom txaj." Ntshiab Si nqa nws phauj ntawv mus rau tom txaj lawm.

Li tsib feeb tom qab, Jenny nqa nws lub hnab ev ntawv taug ntaiv tig toog rov qab tuaj. Nws thiaj mus nrog Ntshiab Si nyob tom txaj ua nws cov hauj lwm nram tsev. Dhau ntawd, Jenny pab Ntshiab Si nyeem nws phau ntawv thiab qhia Ntshiab Si xyaum hais lus As Kiv kom meej tuaj.

Thaum Pog ua tau su siav, nws thiaj los hu kom nkawv tawm mus noj mov. "Ob tus me ntxhais, neb tawm los noj mov tas tso mam li ua ntxiv."

"Pog, koj noj ua ntej es Jenny pab kuv nyeem nplooj ntawv no tas tso wb mam li los," Ntshiab teb.

Pog hau zaub ntsuab xyaw nqaij npuas nrog ib cov kooj tis qaib ci. Thaum nws Pog los qhib qhov rooj ua rau cov pa zaub pa mov tsw qab ntxiag tom chav noj mov tuaj. Nkawv nyeem ntawv tsuag tsuag tas ces nkawv thiaj tawm los noj sus. Ntshiab Si muab phaj thiab diav los rau Jenny nkawv noj mov. Nkawv yeej npaj siab tias tom qab noj mov tas nkawv yuav tawm mus ncig ua si thiab ziab tshav ntuj vim tias lub caij ntuj no los daus ntau thiab no los tau ntev kawg li lawm.

Jenny hais rau Ntshiab Si tias, "Kuv nqa hnab ntawv mus cia lawm es koj npaj tau ces koj tawm tuaj." Jenny muab nws cov ntawv ntim rau hauv hnab thiab tawm mus lawm.

Ntshiab Si mus npaj nws tus kheej tom txaj. Nws hnav ris tsho thiab muab nkaum khau taug kev los rau.

"Pog, Jenny wb mus taug kev ua si nraum zoov ib pliag wb mam li los," Ntshiab Si hais.

"Neb mus no ces ua zoo siab nawb thiab tsis txhob mus ntev ntev tseem no no li," Pog teb.

Ntshiab thiaj tawm mus rau nraum zoov. Jenny twb tuaj zaum ntawm taw ntaiv tos nws lawm. Ces nkawv thiaj taug kev mus rau lub park uas nyob ze ntawm lawv lub tsev apartment.

Tej hnub tshav ntuj nrig li no mam tib neeg yeej tos tsis taus qhov yuav tawm tuaj ua si rau sab nraud li vim tias sawv daws nyob nyob hauv tsev dhuav tas li lawm. Nkawv pom tib neeg taug kev zom zaws tuaj ua si. Cov tawm tuaj dhia ua si los muaj thiab cov coj lawv tej me nyuam tuaj taug kev los muaj li.

Jenny hais rau Ntshiab Si tias, "Ntshiab Si koj puas paub tias duab tshav ntuj pab kom tib neeg lub cev tau txais vitamin D."

"Es vitamin D pab tau yus li cas?" Ntshiab Si xav paub.

"Vitamin D pab kom tib neeg cov pob txha kho. Peb cov nyob rau yav qaum teb no mas tau txais duab tshav ntuj tsawg tshaj li lawv cov nyob yav qab teb. Yog li no koj thiaj pom tib neeg tawm tuaj zaum ziab tshav coob coob." Jenny qhia rau Ntshiab Si.

Ntshiab Si mam li to taub tias tej yam kev paub li no yeej ua rau yus saib xyuas tau yus tus kheej kom ntsib kev noj qab haus huv. Nws zoo siab tias Jenny yog ib tus phooj ywg uas muaj lub siab zoo thiab siab dav heev li. Nkawv taug kev mus ncig lub pas dej uas nyob ntawm lub park no. Lub sij hawm no tseem tsis tau muaj cov qos dej ya los vim tias tseem tsis tau sov pes tsawg.

"Ntshiab Si, tsis ntev no xwb koj yeej yuav pom muaj os coob heev ntawm no," Jenny hais.

"Cov os mus rau qhov twg lawm?" Ntshiab Si xav paub.

"Vim tias yav qaum teb no mas no heev ua rau tej tsiaj no nyob tsis taus. Yog li no lawv thiaj yuav tau ya mus rau yav qab teb ua ntej daus los. Thaum txog caij nplooj ntoos hlav thiab mus rau caij ntuj sov mas tej tsiaj no maim li rov qab ya los." Jenny piav qhia.

Ntshiab Si mam xav txog tias ua ntej yuav txog caij ntuj no nws pom os, noog, thiab npauj npaim ya ua tsheej npooj mus lawm. Thaum ntawd nws tsis paub tias tej tsiaj no ya mus rau qhov twg tas li lawm.

Hnub no nkawv tuaj ua si li no yeej pom tib neeg tuaj coob kawg li. Nkawv pom ib lub tsheb liab khiav nrov vwg tuaj nres nkaus rau ntawm qhov chaw nres tsheb. Lub suab ntawm lub tsheb nrov zoo li Windy tus hluas nraug lub.

"Ntshiab Si, wb nres saib lub tsheb liab tod seb yog leej twg?" Jenny tuav kiag kom Ntshiab Si nres.

Nkawv txawm los sawv kiag ntawm ib tsob ntoo saib mus rau tom lub tsheb. Ib pliag tus neeg tsav tsheb tawm plaws los no yog Windy tus qub hluas nraug coj nws tus hluas nkauj tuaj ua si ntawm no. Nkawv tig loo ntsia mus tom ncauj ke no pom Windy thiab nws tus phooj ywg poj niam taug kev ceev nrooj los rau ntawm lub tsheb.

"Oh my God! Yuav muaj teeb meem dua lau," Jenny yws li no rau nws tus kheej.

"Jenny koj hais dab tsi li ko," Ntshiab Si tsis to taub.

"Koj pom Windy tuaj txog tod, ib pliag ces lawv sib ntaus xwb," Jenny hais.

"Ces wb kuj mus cheem nws xwb," Ntshiab Si teb.

Nkawv ob leeg cia li sib tw khiav mus ces Windy tus qub hluas nraug ntsia dheev tuaj pom nkawv. Jimmy yeej paub lawm tias yuav muaj teeb meem lau. Ces nws cia li rub kiag nws tus hluas nkauj rov qab rau hauv tsheb thiab thaub kiag tsheb tawm mus.

Thaum Windy pom tias nkawv tab tom yuav tsav tsheb khiav mus ces nws tso sas ntws khiav los rau ntawm lub tsheb. Nws tus qub hluas nraug siv zog leeb tsheb quaj nrov vwg mus lawm. Windy thau hlo cov qe nws nqa tuaj caum txawb fij fwj rau lub tsheb. Muaj ib lub raug kiag daim iav nram qab uas rau kua qe txaws daj vog tuaj. Lub sij hawm no Jenny thiab Ntshiab Si khiav ob tus hawb hawv huav mus txog ntua.

"Hey, what are you two doing here?" Windy nthe lub suab nrov doog diaj cuag li yawm xob nroo.

"Wb tuaj taug kev ua si xwb," Jenny teb.

"Whatever you said? I don't give a damn." Windy ua ntsej muag dub txig rau nkawv.

"Niam laus, koj yuav tau ua siab txias thiab muab tso tseg mus." Jenny tsis xav pom kom nws tus niam laus muaj teeb meem ntxiv lawm.

Windy cia li tig loo nrog nws tus phooj ywg rov qab mus lawm. Jenny co co tob hau cia tias nws tus niam laus tsis hloov nws tus cwj pwm li.

Jenny thiaj tig los hais rau Ntshiab Si tias, "Wb rov qab mus tsev os."

Nkawv cia li rov qab taug kev los tsev ob tus mluas mlob li daum raug xub. Tej qhov xwm txheej li no yeej ua rau Ntshiab Si ceeb thiab ntshai kawg li. Nws lub plawv yeej dhia pig poog li nws yog tus tsim qhov teeb meem. Thaum nkawv los txog tsev, lub hnub twb ua ncua ncuv rau tim npoo ntuj lawm.

9

Six Flags Great America

Txoj kev khwv noj khwv haus ntawm lub teb chaws no ua rau lub sij hawm mus ceev heev li. Cov hluas niaj hnub mus kawm ntawv, cov laus ces niaj hnub mus ua hauj lwm. Cov niam txiv tub tsuas sib ntsib rau ob hnub so. Tsuas yog cov tsev neeg muaj tej laus uas tsis ua hauj lwm thiaj nyob hauv tsev zov lawv cov me nyuam xwb. Ntshiab Si Pog laus lawm ces nws nyob hauv tsev ua zaub ua mov tos Ntshiab Si txhua hnub.

"Ntshiab Si, koj puas nrog peb mus ua si nram Six Flags Great America thaum peb so rau lub caij ntuj sov no," Jenny hais yam zoo siab hlo.

"Six Flags Great America yog dab tsi?" Ntshiab Si nug.

"Cia kuv mam li piav rau koj," Jenny hais. "Six Flags Great America yog ib qhov chaw ua si thiab muaj cov rides haib haib heev rau yus caij. Koj cia li nrog peb mus xwb, kuv paub tias koj yeej yuav nyiam thiab muaj kev lom zem heev xwb tiag."

"Puas yuav muaj tiag li ko ma?" Ntshiab Si xav paub.

"Ntseeg kuv ma, kuv xav coj koj mus kom koj pom txoj kev lom zem nyob teb chaws no," Jenny hais ntxiv.

"Leej twg ua tus thauj peb mus ma?" Ntshiab Si nug.

"Kuv tus niam laus Windy thiab nws tus phooj ywg Amy," Jenny teb.

"Kuv yeej xav nrog nej mus kawg tab sis cia kuv nug kuv Pog tso," Ntshiab Si hais.

60

"Oh my Gosh! Vim li cas koj pheej yuav tau nug koj Pog tas li xwb?" Jenny tsis nkag siab.

"Me nyuam yuav tau thov kev tso cai ntawm niam thiab txiv ua ntej yuav ua dab tsi," Ntshiab Si qhia.

"Tab sis kuv niam twb ..." Jenny cov lus tseem tsis tau tas. Ntshiab Si cia li hais kiag tuaj tshuam nkaus Jenny. "Kuv paub qhov koj yuav hais ko, tej zaum tsis yog lawv tsis quav ntsej tab sis ib txhia laus yog lawv hais ntau zaus koj tsis mloog ces ua rau lawv qaug zog lawm xwb. Txawm li ntawd los lawv yeej tseem hlub thiab txhawj txog lawv cov me nyuam txhua lub sij hawm."

Qhov no ua rau Jenny xav txog yav tas los uas nws niam thiab txiv yeej ib txwm cob qhia thiab saib xyuas lawv zoo heev. Tab sis txij thaum nws tus nus hlob raug ntes thiab Windy mus kawm high school ces zoo li ob tus laus ntshaus ntshaus lawm. Windy mus poo tau nws cov phooj ywg tshiab ces nkawv hais npaum li cas los zoo li Windy yeej tsis mloog li. Windy zoo li tus noog uas ya tawm pluj plaws mus rau ub rau no xwb. Nkawv hais los Windy cav thiab cia li khiav tawm mus lawm.

Jenny xav ntev loo nws mam teb hais tias, "Ntshiab Si, kuv to taub qhov koj hais lawm. Kuv ua koj tsaug uas koj ua rau kuv pom thiab paub ntau yam txog kev sib raug zoo ntawm me nyuam thiab niam txiv."

Thaum lawb ntawv, Ntshiab Si thiab Jenny caij tsheb npav los tsev ua ke. Ntshiab Si los txog tsev Pog twb ua tau zaub mov tos nws li txhua hnub. Nkawv thiaj mus zaum noj mov ua kev. Dhau ntawd, Ntshiab Si los zaum nrog Pog ntawm lub xoos loos.

Nws thiaj tsa ncauj hais rau Pog tias nws xav mus ua si nram Six Flags Great America.

"Kuv yeej xav cia koj mus muaj kev lom zem tab sis kuv ntshai tsam muaj teeb meem xwb," Pog teb yam li nws tsis tso siab li. "Leej twg yog tus yuav thauj nej mus ma?" Pog xav paub.

"Yog Jenny tus niam laus Windy," Ntshiab Si qhia.

Thaum Pog hnov li no kuj ua rau nws hnyav siab vim tias Windy tsis tshua tsim txiaj. "Yog Windy thauj mas zoo li kuv tsis tshua tso siab. Es koj txhob mus puas tau," Pog hais.

"Pog, koj ua siab loj peb mus ua si xwb tej zaum yuav tsis muaj teem meem li yav tas los." Ntshiab Si teb thiab hais ntxiv tias, "Txawm Windy tsis tshua mloog lus los nws yeej yog ib tus neeg siab zoo heev, nws yeej tsis pub leej twg ua phem rau Jenny wb li. Nyob tom tsev kawm ntawv nws yeej tiv thaiv thiab saib xyuas wb zoo heev os."

Pog xav xav ib pliag ces nws thiaj ua lub ntsej muag luag nyav thiab hais yam tso siab plhuav rau Ntshiab Si. "Yog nej mus koj yuav tsum ua zoo siab thiab ceev faj ntawm koj tus kheej nawb. Qhov zoo ua mam ua, qhov tsis zoo txhob ua nawb," Pog sam fwm rau Ntshiab Si.

Ntshiab si txav zog mus khawm nkaus Pog yam zoo siab hlo. Dhau ntawd, nws tawm mus rau sab hauv Jenny lawv chav tsev. Jenny tus nus yog tus los qhib qhov rooj rau Ntshiab Si.

"Koj mus hais Jenny tuaj ntsib kuv," Ntshiab Si hais. Nws sawv ntawm qhov rooj tos Jenny. Ib pliag Jenny thiaj tawm tom txaj los.

"Ntshiab Si, koj hais kuv dab tsi?" Jenny nug.

"Tawm tuaj nraum no kuv muaj lus zoo yuav hais qhia koj," Ntshiab Si hais lus luag ntxhi rau Jenny.

Ntshiab Si thiaj qhia qhov xov xwm zoo no rau Jenny. Nkawv cia li taug kev sib tham mus rau tom qhov chaw me nyam yaus ua si uas muaj cov luam zawg thiab viav vias. Nkawv mus zaum ua viav vias tham pem twb yuav tsaus ntuj mam li rov los tsev.

Lawv rov qab mus kawm ntawv txog hnub Friday, hnub no yog hnub kawg ntawm lub xyoo kawm ntawv no lawm. Txhua tus tub ntxhais hais lus tu moo thiab foom lus zoo rau lawv cov phooj ywg. Ntshiab Si hais lus tu moo rau cov tub ntxhais kawm ntawv hauv nws chav thaum xib hwb hais kom lawv mus tu lawv cov lockers.

Thaum los txog tsev, Ntshiab Si thiab Jenny thiaj taug kev mus yuav khoom noj txom ncauj thiab dej haus ntawm lub khw uas nyob ze ntawm lawv.

Jenny thiaj qhia tias, "Ntshiab Si, nram Six Flags Great America muaj water park ib pliag kuv mam li muab kuv ib ce ris tsho da dej rau koj sim."

Thaum nkawv rov qab los, Jenny thiaj kom Ntshiab Si sim cev ris tsho da dej. Ntshiab Si yeej ib txwm tsis tau hnav dua khaub ncaws da dej li. Hnav cev ris tsho da dej ces zoo li tus neeg liab qab xwb ua rau Ntshiab Si tsis pom qab taug kev li.

"Jenny, hnav li no zoo li yus liab qab xwb," Ntshiab Si hais yam txaj muag tsawv.

"Girl, yeej tsis txaj muag li. Tib neeg hnav coob heev li os." Jenny hais.

Nkawv thiaj muab cov khoom noj thiab ris tsho ntim cia tib zoo rau hauv lub hnab ev ntawv.

"Nco ntsoov tias tag kis peb yuav tau mus ntxov ntxov li thaum 4 teev sawv ntxov," Jenny hais li no tas ces nws thiaj nqa nws hnab khoom nqis mus lawm.

Ntshiab Si caws nws lub moos rau thaum 3 teev 30 tas ces nws cia li qhau cev pw lawm. Thaum lub teev nrov Ntshiab Si qhib plho qhov saib no yog 3 teev 30 lawm tiag. Nws thiaj sawv mus ntxuav muag thiab txhuam hniav. Thaum nws npaj tau xwb ces Jenny twb tuaj khob qhov rooj nrov nrawj nrawj nraum zoov. Ntshiab Si thiaj ev nws lub hnab thiab nqis tawm mus.

Windy thiab nws tus phooj ywg Amy zaum pem hauv ntej, Jenny thiab Ntshiab Si zaum nram qab. Lawv siv sij hawm 5 teev thiaj mus txog Six Flags Great America ntawm Gurnee, Illinois. Thaum lawv tawm ntawm txoj kev loj I-94, lub tsheb qeeb zog ces Ntshiab Si thiaj tsim dheev vim nkawv ob tus nram qab ces pw tsaug zog xwb. Ntshiab Si qhib plo qhov muag siab no pom tsheb coob li coob, ib lub txuas ib lub zoo li nab noj nab tw.

"Jenny, sawv os, zoo li peb tuaj txog lawm sub," Ntshiab Si hais.

Jenny qhib plog qhov muag xam mus. "Yog, peb mus yuav txog lawm!"

Ntshiab Si saib dheev mus rau tom hau ntej no pom cov rides siab tis ua siab, khaus niv khaus nom li Yawg Zaj Laug.

"Cov peb yuav mus caij yog cov tod los. Ntxim li txaus ntshai heev as." Ntshaib Si hais.

"Tsis ntshai li os tab tom haib haib xwb," Jenny hais tau yam li nws muaj peev xwm heev.

Lawv mus nres tsheb thiab tawm mus ua kab nkag mus rau sab hauv. Ntawm ib ncig tib neeg taug kev ua nrw niab cuag li thaum Hmoob tuaj koom lub July 4th Sports Fesitival ntawm lub Nroog St. Paul. Thaum mus txog sab hauv, lawv thiaj mus xauj locker cia lawv cov khoom. Lawv sib teem rov qab los sib ntsib ntawm no thaum 3 teev es lawv mam li mus da dej. Ces Windy thiab Amy cia li mus lawm.

"Ntshiab Si, tib neeg coob coob koj yuav tsum tau nyob ti ti kuv es koj thiaj tsis poob zoo nawb," Jenny ceeb toom.

Nkawv mus ua kab caij lub ride Superman. Ntshiab Si nyob hauv no saib mus ntxim li siab thiab txaus ntshai kawg li. Nws tseem ua ob peb siab tias yuav mus caij los sis tsis caij.

"Ntshiab Si txog wb zeeg lawm os," Jenny lub suab ua rau Ntshiab Si ras dheev. "Wb zaum leej tog thib ib yom," Jenny hais ntxiv.

"Ntxim txaus txaus ntshai ces wb zaum leej thib ob," Ntshiab Si teb.

Nkawv mus zaum rau leej tog thib ob. Ces lwm cov tib neeg los zaum zom zaws puv nkauv cov tog rau ped thiab nram qab. Ob tus neeg saib xyuas thiaj los muab tus pas tav ntawm hauv siab qhau kiag nrov dawg rau. Ib pliag ntshis Ntshiab Si pom tus neeg ua hauj lwm nyob ntawm ib sab tsa kiag tus ntiv tes xoo xwb ces lub ride cia li pib txav zuj zus khiav raws tus ciav hlau nce toj mus lawm. Ntshiab Si lub hauv siab dhia pig poog cuag li mag poj ntxoog hem. Nws thiaj xav txog Jenny cov lus, "Koj yuav tsum tau ua koj lub cev khov kho thiab ua lub siab tawv qhawv, es thaum lub ride poob kiag mus koj thiaj tsis ceeb."

Lub ride nrov dawg dawg nce nce mus nto plaws saum qhov ncov xwb ces cia li poob nrov zawg npaum nkaus xob tua saum ntuj los. Ntshiab Si mloog zoo li nws lub cev khoob lug thiab nws lub siab lub ntsws poob ua ntshuas niab rau tom qab. Nws lub suab quaj nrog lub suab qw txhawm chim nkaus hauv nws caj pas. Thaum lub ride ntab plaws kauv loo rov qab ces nws lub suab mam li plam plaws tuaj ntho. Ntshiab Si qw qw suab nthas nthua cuag li nws nrog cov huab cua sib tw ya mus lawm. Thaum nws feeb meej ces lub ride twb lem loo los yuav txog qhov chaw nres lawm.

Thaum lub ride tseem khiav mas kuj zoo li txaus ntshai kawg tab sis thaum nres lawm ua rau yus tseem xav xav caij dua. Ntshiab Si mloog zoo li nws ib ce si lawm ntau tab sis ua rau nws tseem xav rov qab caij dua ib zaug ntxiv.

"Jenny wb rov qab caij dua ib lwm ntxiv," Ntshiab si hais.

"Kuv twb hais koj lawm tias koj yeej yuav tsum nyiam xwb no," Jenny teb.

Nkawv thiaj li mus ua kab caij rau lwm lub ride. Nkawv caij ride yam lom zem thiab ua si txaus nkaus ntawm no. Txij thaum Ntshiab Si tuaj txog teb chaws no yeej tsis tau muaj ib hnub nws muaj kev lom zem npaum li hnub no kiag li. Hnub no yog hnub

uas Ntshiab Si zoo siab tshaj plaws li. Qhov no ua rau nws xav tias lub teb chaws no muaj ntau yam zoo uas nws tseem tsis tau pom thiab paub txog. Nws yuav tau rau rau siab kawm ntawv es ib hnub tom ntej no nws thiaj yuav coj tau Pog mus saib tej yam kev vam meej li no.

Nkawv yeej tsis nco qab hnov plab tshaib vim txoj kev lom zem thiab caij rides. Thaum txog 3 teev nkawv thiaj los ntsib Windy thiab Amy ntawm cov lockers. Ces lawv thiaj mus yuav zaub mov noj ua ke. Dhau ntawd, lawv thiaj mus da dej ua si rau sab Water Park lawm. Thaum no Ntshaib Si yeej tsis nco qab txaj muag rau nws cev ris tsho da dej li. Muaj tib neeg coob li coob da dej nplawg ntia zoo li cov os hauv pas dej lawm xwb thiab tus hnav cev ris tsho li cas los muaj tas li.

10

Qib Kaum Ob

Plaub lub caij nyoog nyob rau teb chaws no ua rau lub sij hawm mus ceev kawg li. Niaj hnub mus kawm ntawv, ces ib sij tas ib lub hlis. Hnub dhau mus ua hli thiab hli dhau mus ua xyoo. Zoo li twb tsis tau ntev, Ntshiab Si thiab Pog twb tuaj tau peb xyoo rau teb chaws no lawm.

Ntshiab Si yeej ntseeg tsis tau tias xyoo no txawm siv yog xyoo nws kawm qib kaum ob lawm tiag. Vim Ntshiab Si tau txais kev pab cuam los ntawm Jenny thiab Mrs. Jessica ces nws yeej kawm ntawv tau zoo heev yog muab piv rau lwm cov tub ntxhais kawm ntawv uas tuaj tib lub sij hawm nrog nws. Ntshiab Si cov qhab nees yeej nyob li ntawm 3.0 mus rau 3.5 xwb.

Thaum tus counselor pom tias Ntshiab Si kawm tau zoo, nws yeej txhawb kom Ntshiab Si sau npe mus kawm ntawv qib siab. Qhov no yeej ua rau Ntshiab Si haj yam siv zog thiab mob siab saib ntawv tshaj qub. Txhua zaus txog lub sij hawm xeem ntawv, Ntshiab Si yeej nyob saib ntawv txog tsheej tag hmo nws mam li pw.

Pog zoo siab heev rau Ntshiab Si txoj kev kawm ntawv vim tias nws yeej xav kom Ntshiab Si tau ib lub neej zoo ua. Nws paub tias Ntshiab Si yog ib tus neeg uas tau ntsib txoj kev nyuaj siab los thaum yau thiab tsis tau txais txoj kev hlub los ntawm leej niam leej txiv.

Pog yeej tauv tsis tau lub kuag muag thaum xav txog txoj kev txom nyem siab uas Ntshiab Si nkawv tau txais yav tas los. Muaj

tej hnub nws yeej zaum quaj ib leeg thaum Ntshiab Si mus kawm ntawv lawm. Lub neej ua ntsuag niam ntsuag txiv li no yeej tsis muaj leej twg xav tau li tab sis yog lub ntuj cais lub teb qee lawm xwb.

Pog yeej niaj hnub niaj hmo thov lub ntuj lub teb thiab Ntshiab Si niam thiab txiv kom los pov hwm tsom kwm nkawv lub neej. Nws yeej zoo siab tias txawm Ntshiab Si niam thiab txiv tsis muaj txoj sia nyob lawm los tej zaum nkawv ob tus ntsuj plig yeej los cob qhia kom Ntshiab Si xyaum ua ib leej ntxhais tsim txiaj.

Tau peb lub xyoo los no, Ntshiab Si yeej rau siab ntso rau nws txoj kev kawm ntaub kawm ntawv xwb. Ntshiab Si yeej tsis nrog hluas nraug tham los sis tsis npaj nrhiav tus hlub li. Ntshiab Si yeej to taub tias lub neej nyob teb chaws no yog yus tsis muaj kev kawm siab ces yeej nrhiav tsis tau txoj hauj lwm zoo ua. Tsis tas li ntawd, nws yeej paub tias Pog zoo tam li leej niam leej txiv rau nws xwb, yog li no nws yuav tsum nrhiav kom tau tus vauv uas muaj lub siab hlub tshua txog Pog.

Xyoo no yeej yog ib xyoos uas tseem ceeb heev rau cov tub ntxhais kawm ntawv qib kaum ob. Thaum nyob tom tsev kawm ntawv, Ntshiab Si thiab Jenny yeej mus ntsib tus counselor thiab ua tej ntaub ntawv mus kawm qib siab thiab thov nyiaj txiag pab los sis financial aid. Nkawv yeej mob siab ua tej ntaub ntawv no kom tiav ncav rau sij hawm los sis deadline.

"Jenny, koj sau npe mus kawm lub tsev kawm ntawv qib siab twg?" Ntshiab Si nug thaum nkawv caij tsheb npav los tsev.

"Kuv xa ntawv mus rau University of Minnesota thiab Metropolitan State University. Es koj ne?"

"Tus counselor hais tias kom kuv sau npe rau Metropolitan State University thiab St. Catherine University no." Ntshiab Si hais ntxiv, "Yog tias wb tau mus kawm ua ke tim Metropolitan State University ntshe yuav zoo heev."

"Kuv los yeej xav li ntawd thiab," Jenny hais.

Lub caij lub nyoog dhau mus lawm zuj zus, quarter 3 twb yuav tas mus. Ntshiab Si yeej tos ntsoov tsab ntawv uas teb tom cov tsev kawm ntawv qib siab tuaj xwb. Pog yeej muab txhua tsab ntawv khaws cia rau saum rooj tos Ntshiab Si los saib. Hnub no thaum Ntshiab Si los txog, nws pom lub hnab ntawv uas tuaj tim lub tsev qhia ntawv Metropolitan State University tuaj. Ntshiab Si lub siab dhia pig poog thaum nws yuav qhib tsab ntawv no saib. Nws zoo siab hlo thaum tsab ntawv qhia tias lub tsev kawm ntawv qib siab no txais nws lawm.

Ntshiab Si zoo siab heev, nws khiav ntsuj los qawm lias Pog thiab qhia qhov xov xwm zoo no rau Pog. Tom qab ntawd, Ntshiab Si nqa tsab ntawv thiab nqis mus ntsib Jenny. Nws nqis tus theem ntaiv nrawm nroos li tub ceev xwm caum neeg phem mus rau sab hauv. Nws tab tom mus ncaj nkaus lub sij hawm Jenny nqa khib nyiab tawm tuaj pov tseg.

Jenny thiaj tsa ncauj hu Ntshiab Si, "Ntshiab Si, ua cas koj yuav khiav cuag muaj neeg caum koj na."

Ntshiab Si twb tsis teb Jenny cov lus tab sis hais ua suab ntas ntua li nws yeej ib qhov phaj tshab. "Jenny, Jenny, kuv, kuv, kuv muaj xov xwm zoo tuaj qhia koj!"

Jenny thiaj muab hnab khib nyiab cuam kiag rau hauv lub thoob khib nyiab loj nyob ntawm tog tsev thiab tig kiag los hais tias, "Ua cas koj yuav zoo siab ua luaj li?"

Ntshiab Si muab kiag nws tsab ntawv cev rau Jenny saib. Ces nkawv thiaj los zaum ntawm tus theem ntaiv saib tsab ntawv ua ke. Ntshiab Si tos tsis taus qhov yuav nug seb Jenny puas tau txais ib tsab ntawv li nws.

Tom qab Jenny saib Ntshiab Si tsab ntawv tas nws thiaj hais tias, "Ntshiab Si zaum no wb yuav tau mus kawm ntawv ua ke." Jenny tig loo los khawm nkaus Ntshiab Si yam zoo siab hlo.

Nkawv zaum ntawm no sib tham txog seb thaum mus kawm ntawv qib siab yuav ua li cas vim tias Jenny xav tawm mus xauj tsev nyob ze tim lub tsev kawm ntawv.

"Qhov ko yeej yog ib lub tswv yim zoo vim tias wb ob tus no tsis tau paub tsav tsheb. Mus nyob ze thiaj li yooj yim rau wb mus kawm ntawv." Ntshiab Si hais.

"Koj mus nrog koj Pog tham seb nws puas kam cia peb mus xauj tsev nyob ze tim tsev qhia ntawv es koj Pog thiaj pab ua zaub mov rau wb noj thaum wb mus kawm ntawv los." Jenny xav kom Ntshiab Si nrog nws Pog tham.

"Koj lub tswv yim no yeej zoo kawg vim kuv yeej xav tias Pog wb yuav tau tsiv mus nyob ze rau tim tsev kawm ntawv thiab," Ntshiab Si teb.

Tau ntau lub lim tiam tom qab, Ntshiab Si thiab Jenny thiaj mus yuav ntawv xov xwm los siab seb lawv puas muaj tsev xauj nyob ze ntawm thaj tsam lub tsev kawm ntawv qib siab no. Feem ntau cov tsev xauj nyob ib ncig ze ntawm tsev qhia ntawv qib siab ces yog cov tub ntxhais kawm ntawv xauj xwb. Yog li no nkawv thiaj yuav tau npaj nrhiav kom tau tsev es txog thaum cov tub ntxhais kawm ntawv tawm mus lawm ces lawv thiaj tau chaw nyob.

"Jenny, koj paub lus zoo zog ces koj hu mus teem caij xauj tsev nawb," Ntshiab Si hais.

"Ua li ntawd. Thaum kuv teem tau caij kuv mam li qhia koj," Jenny teb.

Tau ob hnub tom qab Jenny teem tau ob chav tsev lawm ces nws thiaj tuaj qhia rau Ntshiab Si. "Kuv teem tau caij lawm tab sis kuv tsis paub tias xyov puas muaj neeg thauj wb mus vim kuv niam thiab txiv tsis khoom rau hnub ntawd."

"Koj kuj hais seb Windy puas kam tuaj thauj wb?" Ntshiab Si nug.

"Ib ntus no kuv twb hu tsis tau Windy li, xyov nws mus nyob qhov twg lawm," Jenny teb.

"Txij thaum nws tawm tsev mus, nws yeej tsis los saib nej li lawm los," Ntshiab Si xav paub.

"Kuv niam nkawv cem cem nws ces nws tsis tuaj lawm," Jenny qhia.

"Cia kuv mam li hu rau kuv tus Txiv Ntxawm. Yog tsis tau los wb mam li caij city bus mus xwb." Ntshiab Si hais ntxiv.

"Ua li ntawd, tag kis wb yuav tau mus li thaum 9 teev sawv ntxov nawb." Jenny hais li no tas ces nws mus tsev lawm.

Ntshiab Si thiaj hu xov tooj mus rau nws Txiv Ntxawm, muaj txoj hmoo Txiv Ntxawm tus tub Nathan uas mus kawm ntawv qib siab rov qab los saib lawv rau lub week no.

"Tag kis kuv mam li hais kom tub Nathan tuaj thauj neb mus saib," Txiv Ntxawm teb.

"Ua li ntawd, ua tsaug os Txiv Ntxawm," Ntshiab Si hais.

Tag kis sawv ntxov, Nathan thiaj tuaj thauj nkawv mus saib tsev xauj. Ib lub muaj peb chav pw thiab ob chav dej, hos ib lub muaj ob chav pw thiab ib chav dej. Lub muaj peb chav pw tus nqi xauj ntawm ib hlis yog $950. Yog li no nkawv thiaj txiav txim siab xauj lub ob chav pw vim tias lub no twb ua rau nkawv tshwj tau $200 ntawm ib lub hlis twg lawm. Thaum ua ntaub ntawv thiab muab nyiaj uas nqi cas tas ces lawv thiaj li los tsev.

11

Niam Txiv Kev Hlub

Lub Tsib Hli Ntuj twb yuav dhau mus, tsuas tshuav ib lim tiam xwb ces yog hnub cov tub ntxhais kawm ntawv qib kaum ob mus txais lawv daim ntawv pov thawj kawm tiav high school. Jenny muaj kev ntxhov siab heev vim tias nws yeej tsis tau qhia rau nws niam thiab txiv txog qhov nws yuav tawm tsev mus kawm ntawv qib siab li. Thaum Ntshiab Si thiab Jenny caij tsheb npav los tsev, Jenny thiaj tsa ncauj sab laj nrog Ntshiab Si.

"Ntshiab Si, koj puas xav tias kuv qhia rau kuv niam thiab txiv txog qhov kuv yuav tawm tsev no. Thiab puas tsim nyog kuv qhia nkawv txog hnub peb mus txais ntawv pov thawj." Jenny piav qhia.

"Kuv paub tias yeej muaj ntau yam tau tshwm sim rau koj tab sis koj yuav tsum tau xav kom zoo mog vim tias nkawv yog koj niam thiab koj txiv. Txawm zoo thiab phem los nkawv yog tus yug thiab tu koj es koj thiaj li muaj hnub no. Tej hnub tseem ceeb li no tsuas muaj ib zaug hauv yus lub neej xwb, koj yuav tau qhia rau nkawv es lwm hnub koj thiaj tsis xav txog lig mog. Koj yuav tau xav txog ntawm kuv; kuv yeej xav kom kuv niam thiab kuv txiv taug kev tuav tes luag ntxhi tuaj koom hnub kuv txais ntawv tab sis nkawv yuav tsis sawv qhov twg los lawm." Ntshiab Si ua kua muag ntws sis tawm los thaum nws xav txog txoj kev ua ntsuag.

"Thov txim os Ntshiab Si uas kuv ua rau koj xav txog lub neej yav tas los." Jenny thiaj khawm nkaus Ntshiab Si li leej niam puag tus me ab rau hauv nws xub ntiag.

Ces lub tsheb npav los nres nkaus ntawm qhov chaw nqis. Nkawv thiaj nqis tawm thiab taug kcv mus tsev. Jenny los ncaj qha rau tom txaj thiab muab lub qhov rooj kaw twj ywm rau. Nws los zaum ib leeg saum txaj xav txog txhua yam uas tau tshwm sim yav dhau los. Qhov nws tu siab tshaj yog nws niam thiab txiv tu ncua txoj kev txhawb zog rau lawv cov me nyuam lawm. Jenny txiv yog ib tus hais lus tsawg tsawg tab sis thaum nws chim tuaj nws nthe thiab cem xwb. Qhov no thiaj ua rau Windy tawm tsev mus lawm. Jenny tsis paub tias tej uas Windy ua no puas yog ib qhov zoo.

Tsis tas li ntawd, Jenny xav txog thaum Windy kawm tiav es nws niam thiab txiv twb tsis mus koom hnub Windy txais ntawv pov thawj li. Qhov no ua rau Jenny tsis paub tias xyov nws yuav qhia rau nws niam thiab txiv txog hnub nws mus txais ntawv pov thawj. Zaum ib leeg thiab quaj twj ywm ua kua muag ntws sis tawm los. Jenny xav tias txawm li cas los xij peem cia nws ua ib siab qhia rau nws niam thiab txiv li Nthsiab Si cov lus.

Jenny thiaj tawm tom txaj ib tus ntsoos tsawv li tus qaib mob aws los rau ntawm chav nyob. Thaum nws niam pom li no, nws niam thiaj tsa ncauj nug, "Jenny, puas yog koj tsis xis neej os?"

"Tsis yog tab sis kuv muaj lus xav nrog koj tham xwb," Jenny hais.

Qhov no ua rau Jenny Niam ceeb sob nkaus tias ib txwm Jenny twb tsis tham dab tsi qhia nws li es ua cas hmo no Jenny ho hais li no. "Me ntxhais, koj xav tham dab tsi os?" Jenny Niam nug

Jenny tuav kiag nws niam tes thiab rub kom nkawv mus zaum ntawm sofa. Nws thiaj tsa ncauj ua lub suab quaj dhi qhia rau nws niam. "Mom, next Friday yog hnub kuv mus txais ntawv pov thawj kawm tiav high school. Es kuv xav qhia rau txiv neb paub xwb."

"Me ntxhais txhob quaj. Niam paub tias yav tas los yeej tim niam thiab txiv tsis taug nej cov me nyuam es thiaj li ua rau nej tu tu siab. Tus me ntxhais txhob quaj es niam thiab txiv yeej yuav mus koom nws xwb. Niam nrog tus me ntxhais zoo siab tias nws kawv tiav ib theem lawm os." Jenny niam rub kiag Jenny los puag nkaus rau hauv nws lub xub ntiag thiab cev tes mus so Jenny cov kua muag.

Lub sij hawm no Jenny txiv tab tom nkag nraum zoov los. "Muaj dab tsi na koj niam, tsis yog Jenny mus thab plaub li niag poj laib Windy thiab los," Jenny txiv ua ntsej muag dub txig li nws npau taws heev.

Nws tseem yuav luag tsa ncauj hais lus ntxiv tab sis Jenny Niam hais kiag lus mus teb nkaus, "Koj txiv, koj hais dab tsi li ko? Koj twb yog ib leej txiv diam, koj yuav tsum tau nug paus nug ntsis thiab paub kom meej tso koj mam li cem tej me nyuam. Koj pheej coj koj tus cwj pwm li ko xwb es tej me nyuam thiaj li tu siab tas npaum no ntag."

"Es kuv tau ua dab tsi txhaum no," Jenny Txiv teb yam li nws tsis paub plaub mob qhov twg li.

"Wb poob lub kua muag zoo siab xwb. Koj puas paub tias Jenny twb yuav mus txais nws daim ntawv pov thawj rau lwm lub lim tiam no los." Jenny Niam qhia.

"Xyov tej me nyuam ko puas tsim nyog yus tej kev khwv rau li os," nws tseem teb ib tus xu das li no thiab.

"Koj txiv txhob hais li ko. Koj puas paub tias koj pheej coj zoo li ko xwb es wb tus me ntxhais Windy thiaj li tsis kam los tsev lawm ntag." Jenny Niam qhia qhov tseeb.

"Niag poj laib ntawd es koj pheej yuav hais txog dab tsi? Nws yuav mus tuag rau rooj teb twg los kuv yeej tsis quav ntsej li na." Jenny Txiv hais ntxiv.

Jenny Niam thiaj quaj dhev thiab tham qhia tias, "Ob hnub tas los no kuv ntsib me ntxhais Windy tim taj laj tshav puas. Nws yeej quaj thiab xav los tsev kawg tab sis nws ntshai ntshai tsam koj cem es nws thiaj tsis kam los. Koj puas nco qab ob tus ntses hnub i kuv nqa los rau koj noj. Windy paub tias koj nyiam nyiam noj ntses xwv es nws thiaj yuav rau kuv nqa los rau koj."

Jenny txiv cia li tsis hais lus thiab rhais ruam nrawm nroos mus rau tom txaj lawm.

"Niam, Windy puas muab nws tus xov tooj tshiab rau koj?" Jenny xav paub.

Jenny Niam mam nco dheev tau tias Windy twb muab Windy tus xov tooj tshiab rau nws lawm. Ces Jenny niam txawm sawv tseem mus muab nws lub purse los saib. Jenny Niam thau tsuag tsuag nws tej khoom hauv lub purse tawm los. Pom ib tus lej xov tooj sau rau ntawm daim ntawv dawb luaj ob nti ces nws thiaj muab cev kiag rau Jenny.

Jenny Niam tab tom yuav sawv mus rau tom chav ua noj, Jenny thiaj tuav kiag nws tes thiab hais tias, "Niam, kuv tseem muaj ib qho lus xav qhia rau koj ntxiv thiab."

"Muaj dab tsi los cia li hais kiag xwb. Zaum no niam yuav ua tib zoo mloog nws cov lus." Jenny Niam hais.

"Niam kuv thov txim ntawm txiv neb mog uas kuv tsis tau qhia rau neb ua ntej. Kuv xav tias cia kuv mus nyob ze tsev kawm ntawv qib siab es kuv thiaj tsis tab kaum txiv neb thauj kuv mus kawm ntawv. Yog li no kuv twb mus xauj tsev nrog Ntshiab Si thiab nws Pog nyob ze rau tim tsev kawm ntawv qib siab lawm. Kuv thov txiv neb zam txim rau kuv mog." Jenny hais ua lub suab quaj dhi.

"Me ntxhais, tej ko tsis yog txim dab tsi li os. Tus me ntxhais yeej ua yog lawm. Nws mus nyob li ko es nws thiaj kawm tau ntawv. Es koj mus kawm lub tsev kawm ntawv qib siab twg?"

"Ntshiab Si wb ob leeg sau npe mus kawm ntawv tim Metropolitan State University os," Jenny qhia.

"Me ntxhais koj yeej ua zoo kawg lawm. Twb muaj Ntshiab Si Pog ces nws yeej saib xyuas tau neb lawm. Tus me ntxhais kav tsij rau rau siab mus kawm ntawv xwb es yog niam tseg tau nyiaj ces niam mam li yuav ib lub tsheb rau nws tsav mog." Jenny Niam qhia.

Jenny zoo siab heev tias nws niam yeej nkag siab thiab txhawb nws zog tab sis nws tsis paub tias xyov nws txiv puas pom qhov nws ua tau zoo no.

Hnub tom qab thaum Jenny mus kawm ntawv los txog, pom nws txiv zaum ntawm sofa tab tom saib xov xwm.

"Me ntxhais los ntawm no txiv hais koj," Jenny Txiv hais.

Thaum Jenny hnov li no ua rau nws poob siab thiab ntshai heev. Nws xav twj ywm tias ntshe tsam nws niam qhia rau nws txiv txog qhov nag hmo nkawv sib tham lawm. Jenny ua lub ntsej muag ntshaus ntsho los rau ntawm nws txiv.

"Txiv, koj yuav hais kuv dab tsi?" Jenny hais lub suab yau yau.

"Muab koj lub hnab ntawv txo cia thiab los zaum ntawm no," Jenny Txiv hais.

Jenny lub hauv siab cia li dhia pig poog npaum li nws yog neeg txhaum txim. Nws muab lub hnab ntawv tso plhuav rau ntawm lub rooj txawb kas fes ib sab thiab hla kiag los zaum nrog nws txiv.

Jenny Txiv thiaj cev tes mus thau kiag tau ib qhov koom plig los cev rau Jenny. "Me ntxhais, txiv muab qhov khoom plig no rau koj. Txiv nrog koj zoo siab tias koj kawm ntawv tiav high school lawm, congratulation," Jenny Txiv hais lus qhuas Jenny.

Jenny txoj kev ntshia cia li rais kiag mus ua kev zoo siab thaum nws txiv hais li no. Nws thiaj khawm nkaus nws txiv thiab ua kua muag teev yees tawm los. "Ua tsaug Daddy uas koj muab qhov khoom plig no rau kuv." Jenny thiaj txais kiag los qhib saib

no yog ib lub moos zoo zoo nkauj heev li. Jenny muab lub moos coj thiab mus rau tom txaj lawm. Nws los zaum zoo siab hlo rau saum txaj thiab xav tias tej zaum nws txiv zam txim pub rau Windy lawm thiab.

Jenny thiaj li xav txog Ntshiab Si cov lus tias tus hlub thiab txhawj yus tshaj hauv ntiaj teb no ces yog yus niam thiab yus txiv xwb. Lwm tus txawm yuav hlub yus los tsuas yog hlub saum daim tawv xwb lawv yuav tsis hlub ti txhab li. Jenny mam li to taub tias niam txiv txoj kev hlub dav tshaj lub ntiaj teb thiab ntau tshaj cov dej hiav txwv.

12

Kawm Ntawv Qib Siab

Tej laus yeej ib txwm hais tias, "Hwm ntuj thiaj tau ntuj ntoo, hwm niam hwm txiv thiaj tau zoo." Ntshiab Si thiab Jenny txoj kev ntxhov siab cia li dhau los ua txoj kev kaj siab lawm tiag. Txog hnub lawv yuav mus txais daim ntawv pov thawj tim tsev kawm ntawv Jenny thiaj xav tias cia nws hu xov tooj mus qhia rau Windy. Lub xov tooj nrov nrov tab sis tsis muaj leej twg teb li. Jenny thiaj tso suab kaw lus rau tias, "This message is for Windy. Sis, my graduation commencement is at 4 o'clock today. I hope to see you there."

Hnub no cov kawm qib kaum ob yeej tsis muaj kawm ntawv li lwm tus tub ntxhais kawm ntawv tab sis lawv yuav tau mus xyaum taug kev. Thaum sawv ntxov cov tub ntxhais kawm qib kaum ob tuaj sib txoos rau ntawm chav tsev ua si vim lawv yuav xyaum taug kev thiab qhia seb tus twg yuav zaum lub tog twg. Lawv sawv ua kab thiab taug kev nraum zoov los rau sab hauv tsev nrog rau lub suab paj nruag.

Tom qab lawv xyaum tas ces tus xib hwb qhia no thiaj muab cev khaub ncaws hnav txais daim ntawv pov thawj rau lawv nqa mus tsev. Jenny thiab Ntshiab Si los noj fawm tim khw tshav puam. Nkawv ob leeg los zaum noj fawm yam zoo siab luag ntxhi xwb.

"Hey Ntshiab Si" Jenny hais, "hnub no yuav tsum tau muaj kev lom zem kom txaus nkaus nawb es thiaj tsim nyob qhov wb siv plaub xyoos kawm."

81

"Wb yuav mus qhov twg ntxiv tom qab noj fawm tas ma," Ntshiab xav paub.

"Kuv xav tias wb mus yees duab thiab caij nkoj ua si tom pas dej no," Jenny hais.

"Qhov ko yog ib lub tswv yim zoo, tab sis leej twg yuav thauj wb mus ma," Ntshiab Si hais ntxiv.

"Caij city bus mus xwb," Jenny teb.

Tom qab noj fawm tas, nkawv thiaj tawm mus rau ntawm qhov chaw tos caij city bus. Nkawv caij city bus mus rau tom lub pas dej thiab mus yees duab. Ntawm lub pas dej no muaj ib cov paj zoo nkauj heev li, lub paj kob dab tsi los muaj tas li. Nkawv taug kev yees duab ua si yam lom zem xauv npo. Dhau ntawd, nkawv thiaj mus xauj ib lub nkoj tuam ko taw caij ncig ua si hauv lub pas dej.

"Jenny, txhob tuam ceev ceev tsam wb lub nkoj ntxeev," Ntshiab Si hais yam li nws ntshais dej heev li.

"Koj tsis txhob ntshai, wb twb muaj lub tsho ua kom nthab no hnav lawm," Jenny hais.

"Txawm li ko los kuv yeej tseem ntshai," Ntshiab Si hais ntxiv.

"Yog vim li cas no?" Jenny xav paub.

Ntshiab Si thiaj piav txog thaum lawv tseem nyob tim Zos Vaj Loog Tsua es nws tau poob deg rau Jenny. "Muaj ib hnub tom qab ntuj los nag tas, ntawm peb ib sab muaj ib lus pas dej. Cov me nyuam yaus nyob ntawm peb ib ncig txawm mus da dej ua si rau ntawd. Ces kuv thiaj mus nrog lawv da es thiaj ua rau kuv poob deg. Kuv Pog thiaj tawm tuaj muab tau kuv tawm los. Txij thaum ntawd los ces kuv cia li ntshai ntshai dej heev li lawm."

Thaum Jenny hnov li no nws thiaj tuam lub nkoj rov los rau tim ntu es cia nkawv los nyob ua si ntawm qhov dej ntiav ntiav xwb. Nkawv nyob ua si ntawm no txog sij hawm ces nkawv thiaj los tsev vim tias tseem yuav tau los npaj mus txais daim ntawv pov thawj.

Thaum nkawv los txog tsev, Ntshiab Si tus Txiv Ntxawm thiab Niam Ntxawm twb tuaj nyob hauv tsev tos lawm. Ntshiab Si mus hloov ris tsho thiab hnav nws cev khaub ncaws txais ntawv. Ntshiab Si zaum ntawm lub tog muab tshuaj los pleev plhus thiab ntsis nws cov plaub hau. Thaum nws sawv tsees tig loo yuav tawm los mus, nws ua laj muam mus pom dheev nws niam thiab nws txiv daim duab dai tim phab ntsa. Qhov no ua rau Ntshiab Si kua muag poob nthav tawm los vim tias nws niam thiab nws txiv tsis tau pom nws txais ntawv. "Ab, yog kuv niam thiab kuv txiv tseem nyob ntshe nkawv yuav zoo siab heev li," Ntshiab Si seev rau nws tus kheej.

Dhau ntawd, Ntshiab Si thiaj cev tes mus plhws zog nws niam thiab nws txiv daim duab nrog lub kua muag poob twj ywm tawm los. Pog lub suab hu tom chav nyob tuaj ua rau Ntshiab Si soj kua muag tsis yeej. Ntshiab si thiaj li tawm los.

Nws tus Niam Ntxawm txav zog los thiab hais tias, "Me ntxhais, cev khaub ncaws ko phim koj heev. Mus, peb mus yees duab nraum zoov."

Lawv sawv daws txawm tawm mus yees duab nraum zoov lawm. Lub sij hawm no Jenny kuj hnav tau nws cev khaub ncaws tawm tuaj thiab. Ces lawv sawv daws thiaj li yees duab ua ke tawm qhov rooj. Dhau ntawd, Ntshiab Si tus Txiv Ntxawm thiaj thauj lawv mus rau tim tsev kawm ntawv. Lawv nres tsheb thiab nkag mus rau hauv lub tuam tsev loj. Pom tib neeg nqa paj thiab zais nrog lawv taug kev ua nrw niab mus rau hauv lub tuam tsev no.

Tom qab Ntshiab Si coj nws tsev neeg mus nrhiav chaw zaum tas nws thiaj mus rau ntawm qhov chaw uas cov tub ntxhais kawm ntawv tiav xyoo no yuav npaj taug kev los mus. Lub sij hawm no Jenny tsev neeg kuj tuaj txog lawm thiab. Jenny thiab Ntshiab Si thiaj los sawv rau ntawm nkawv qhov chaw. Ntshiab Si saib pom zoo li Jenny muaj ntsis ntsoos.

"Jenny, ua li cas rau koj os?" Ntshiab Si nug.

Jenny tsis xav qhia qhov tseeb tab sis Ntshiab Si twb zoo tam li nws ib tus viv ncaus lawm. Yog li no Jenny thiaj teb tias, "Kuv tsis paub tias xyov Windy puas tau txais kuv qhov messag. Kuv xav kom nws tuaj koom kuv lub graduation."

Ntshiab Si los puag kiag Jenny thiab muab tes npuaj npuaj Jenny nrob qaum. "Jenny, kuv ntseeg tias Windy yeej yuav tsum tuaj koom koj xwb."

Thaum yuav txog lub sij hawm lawv taug kev tawm mus. Tus xib hwb saib xyuas thiaj los hais tias, "Cov tub ntxhais kawm ntawv txhua tus, nej kav tsij los sawv ua kab rau nej qhov chaw. Txog caij nej tawm mus lawm."

Lub suab nkauj taug kev cia li nrov kiag yam kho siab khuav saum lub paj lawj tuaj. Lawv thiaj maj mam taug kev los zaum ntawm lawv cov tog. Dhau ntawd, tus thawj xib hwb los hais lus txais tos cov tub ntxhais kawm ntawv tiav no nrog rau cov niam thiab txiv thiab cov qhua uas tuaj koom lub graduation no. Tom qab nws hais lus tas, ob tus xib hwb hu npe thiaj tawm los. Nkawv pib hu cov tub ntxhais kawm ntawv npe nce mus saum lub sam thiaj mus txias daim ntawv pov thawj.

Ob tus xib hwb no ib leeg hu ib tus tub ntxhais kawm ntawv nce mus rau saum sam thiaj. Cov zaum pem hau ntej sawv, lawv maj mam sawv ib kab zuj zus mus txais daim ntawv.

"Tus ntxiv mus yog Jenny Vaj," tus xib hwb nyob sab xis hu.

"Tus no yog Ntshiab Si Lis," tus xib hwb nyob sab laug hais.

Hnov cov suab npuaj teg thiab suab qw zom zaws tuaj thaum nkawv taug kev mus txais daim ntawv pov thawj. Thaum txhua tus tau txais lawv daim ntawv tas lawm ces lawv thiaj tawm los mus nrhaiv lawv tsev neeg.

Pog thiab Txiv Ntxawm lawv twb los sawv ua kev nrog Jenny tsev neeg. Thaum Ntshiab Si thiab Jenny tawm los, lawv thiaj muab paj thiab zais ua kev zoo siab rau nkawv. Lawv thiaj rov qab yees duab ua ke dua. Lub sij hawm no cov koob yees duab ci ntsais pluj plias txhua txhia qhov chaw tuaj xwb. Txawm tias lawv yees duab muaj kev lom zem thiab zoo siab heev los zoo li muaj ib qhov dab tsi tseem khuam rawv hauv Jenny lub siab. Nws tig mus xam qhov ub qhov no seb puas pom Windy nyob

qhov twg. Txawm Jenny xam npaum li cas los tsis pom ib tus zoo li Windy li.

Tom qab lawv yees duab txaus lawm, lawv thiaj tawm mus rau nraum qhov chaw nres tsheb. Jenny twb tu siab nrho tias zaum no Windy tsis tuaj lawm. Thaum lawv los txog ntawm Jenny txiv lub tsheb no muaj ib res paj nrog ib tsab ntawv nyob ntawm lub tob hau tsheb. Jenny nthos nkaus tsab ntawv los qhib saib no yog nws tus niam laus Windy li. Nws txawm khiav zoj mus rau pem txoj kev xam mus rau ob cag seb puas pom Windy nyob qhov twg. Jenny ntsia kiag mus tom txoj kev tsheb thiaj pom Windy lub tsheb khiav zoj los dhau kiag mus lawm. Nws pom Windy co tes tuaj ua kev zoo siab rau nws. Lub tsheb khiav nrov vwg mus rau tom txoj kev lem lawm.

"Jenny, what are you doing here?" Nws tus nus caum qab los.

"Oh, nothing. I thought I saw someone familiar to…" ces nws cia li tsum kiag. "Let's go back." Ces nkawv rov qab los rau ntawm lub tsheb lawm.

Ntshiab Si tus Txiv Ntxawm thauj lawv ncaj qha mus rau tim nws lub tsev. Hauv tsev nkawv ob tus me nyuam twb ua tau ib pluag mov tos lawv lawm. Ntshiab Si tsis to taub tias vim li cas nws tus Txiv Ntxawm ho thauj lawv los rau ntawm no.

"Txiv Ntxawm, vim li cas koj tsis thauj Pog wb mus tsev os," Ntshiab Si nug.

"Txiv Ntxawm tsis nco qab dab tsi lawm es peb mus nqa tso mam li thauj neb mus tim tsev," Txiv Ntxawm ua txuj teb li.

Thaum lawv qhib plho qhov rooj los rau hauv tsev, Txiv Ntxawm tus tub thiab ntxhais thiaj li hais tias, "Surprise!" Nkawv ob leeg los khawm Ntshiab Si thiab hais, "Congratulation cousin, you did it!" Ntshiab Si zoo siab heev rau qhov nkawv ua no. "Ua tsaug ntau ntau rau neb nawb." Ntshiab Si hais ua nws kua muag txia txev tawm los.

Tom chav ua noj twb muaj zaub mov txawb saum rooj puv tas lawm. Hnov pa zaub pa mov tsw qab ntxiag puv tsev nkaus lawm xwb. Txiv Ntxawm thiab Niam Ntxawm thiaj kom lawv mus zaum tom lub rooj noj mov.

Thaum lawv zaum txhij lawm, Txiv Ntxawm thiaj hais li no. "Niam hlob, nyab wb nrog koj zoo siab tias hnub no mi ntxhais Ntshiab Si kawv tiav ib theem lawm. Nws yog thawj kauj ruam mus rau lub neej vam meej nyob rau teb chaw no. Nyab wb zoo siab heev li. Wb tsis muaj dab tsi tab sis kom ob tus me nyuam npaj pluas hmo no rau peb noj ua kev zoo siab rau mi ntxhais Ntshiab Si xwb."

Tom qab Txiv Ntxawm hais lus tas, Pog thiaj hais lus ua tsaug rau Koob thiab Nyab Koob nrog rau ob tus xeeb ntxwv rau pluas hmo. "Tub thiab nyab, ua neb tsaug uas neb hlub wb kawg li. Ua tsaug uas neb tseem npaj pluas mov no ua kev zoo siab rau mi ntxhais Ntshiab Si thiab. Thov lub ntuj foom koob hmoov pub rau neb mog."

Dhau ntawd, Ntshiab Si thiaj ua tsaug rau Txiv Ntxawm thiab Niam Ntxawm rau nkawv txoj kev hlub thiab kev saib xyuas Pog nkawv ntau lub xyoo dhau los. Ntshiab Si zoo siab

heev uas Niam Ntxawm yeej saib nws zoo tam li Niam Ntxawm ib leej ntxhais. Thaum hais lus tas lawm lawv thiaj daus mov noj thiab sib tham ntxiv rau txoj kev zoo siab hmo no.

Thaum noj mov tas Txiv Ntxawm thiaj thauj Pog nkawv mus tsev. Ntshiab Si zaum hauv tsheb zoo siab hlo tias zaum no nws kawm tiav ib theem lawm. Nws yuav rau rau siab kawm ntxiv kom tiav dua ib theem es nws thiaj yuav raws cuag nws txoj kev npau suav.

Ntshiab Si xam zoj mus rau saum ntuj, pom lub ntuj huv si, cov hnub qub tawm dawb vog nrog rau lub hli ci ntsa iab tuaj rau lub ntiaj teb. Zoo tam li txoj hau kev kaj nrig rau Ntshiab Si lub neej rau yav pem suab nrog rau lub hom phiaj uas sawv nraim ntawm nws lub zeem muag. Txiv Ntxawm lub tsheb khiav nrov vwg nrog cov cua uas tuaj laj ntxiag rau Ntshiab Si ob sab plhu. Zoo tam li thaum nws caij tsheb npav hauv lub Zos Vaj Loog Tsuas mus rau tom tshav dav hlau hauv Bangkok uas nws yuav mus pib lub neej tshiab rau Teb Chaws Mes Kas.